KB129748

80에 추억 만들기

80에 추억 만들기

초판 1쇄 발행 2021년 09월 15일

지 은 이 김봉선
발 행 인 권선복
편 집 권보송, 백예나
디 자 인 노유경
전 자 책 노유경
발 행 처 도서출판 행복에너지
출판등록 제315-2011-000035호
주 소 (157-010) 서울특별시 강서구 화곡로 232
전 화 0505-613-6133
팩 스 0303-0799-1560
홈페이지 www.happybook.or.kr
이 메 일 ksbdata@daum.net
값 15,000원
ISBN 979-11-5602-918-2 (03810)

도서출판 행복에너지는 독자 여러분의 아이디어와 원고 투고를 기다립니다. 책으로 만들기를 원하는 콘텐츠가 있으신 분은 이메일이나 홈페이지를 통해 간단한 기획서와 기획의도, 연락처 등을 보내주십시오. 행복에너지의 문은 언제나 활짝 열려 있습니다.

80에 추억 만들기

구순(九旬)의 문턱, 삶은 여전히 평범하고 아름답다

김봉선 지음

이 책을 내면서

지금은 백세 시대라고 한다. 백세 시대를 살아가며 먼저 생각나는 것은 "인생칠십고래희人生七十古來稀"라는 말이 지금은 그야말로 먼 옛날이야기가 되고 말았다.

구순九旬이라는 나이를 코앞 문턱에 두고 지난날을 뒤돌아보면 후회스러운 일, 아쉬웠던 일 등이 기나긴 발자국으로 이어지고 있지만 운신運身의 폭이 좁아진 지금 그저 '추억'이라는 말로 머릿속에 그려보아야만 하고 특히 근래에 들어서는 2년 가까운 세월을 '코로나 19'가 집에 발을 묶어 놓고 있어 더욱 그러한 것 같다. 전화기에서는 하루종일 반가운 소식은 한 통화도 없고 듣고 싶지 않고 보고 싶지 않은 거리두기 등 안전문자 소식만 계속 들려오고….

여기에 단편적이지만 잠시 지난날의 생각을 떠올려보며 그동안 사단법인 한국임우회가 발행하는 소식지 월간 〈산 산 산 나무 나무 나무〉(임우회보) 외에 몇 곳에 기고하였던 글들을 모아 정리하여 미수米壽 기념이란 이름으로 『80에 추억 만들기』를 단행본으로 내기로 하였으니 관심 있는 독자 여러분의 많은 성원과 지도편달이 있기를 바랄 뿐이다.

2021. 8. 8. 김봉선

목차

2부

3부

40여 년 지하철 사랑

정우회 情友會

내 모습

부안 扶安

One mouth two speaks...

인질 人質

카드 유감

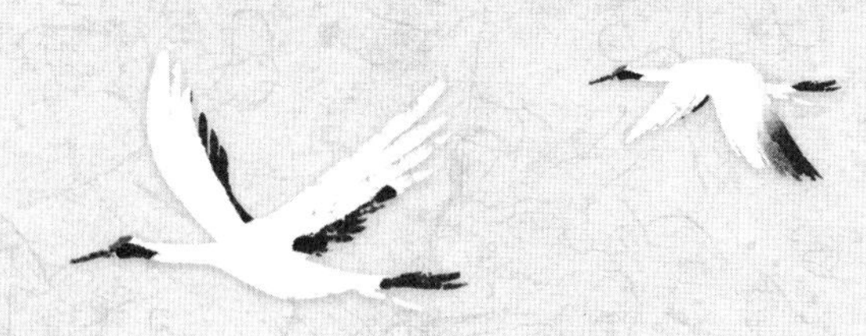

1부

40여 년 지하철 사랑

1974년 8월 15일 청량리역에서 서울역 간을 운행하는 지하철 1호선이 개통되면서 국부적이긴 하지만 시내버스에 의존하던 대중교통수단이 처음으로 이원화하는 첫 발길을 내디뎠다.

청량리 부근에서 살고 있던 나는 향후 버스보다는 지하철이 더욱 편리할 것이라는 생각으로 1호선을 따라 비교적 집값도 싸고 환경도 좋다는 지금의 개봉역 부근으로 이사를 한 후 청량리까지 열심히 출퇴근을 하였는데 역시 버스보다는 편리하고 빨라 좋았던 것이다. 지금은 서울시내 지하철이 수도권으로 확대되어 1~9호선까지 개통되고 철도나 시외버스를 이용하여 다니던 소요산, 동두천, 천안, 신창, 춘천 등은 물론 빠른 시간 내에 교통이 복잡한 서울시내 거의 모든 곳까지 갈 수 있으니 이는 편리하기도 할 뿐만 아니라 우리나라의 발전상을 보여주는 일면이기도 하여 자랑스럽기도 한 것이다.

그러니까 현직에 있을 때부터 지금까지 나는 주로 지하철을 이용하고 있는데 현직을 떠난 얼마 후부터는 경로 대상이라며 무임승차의 혜택도 받게 되었으니 이는 고마움이자 즐거움이 아닐 수 없다. 이뿐만이 아니다. 붐비는 시내에서 약속 시간을 지킬 수 있는 유일한 수단이고 승차할 때도 버스처럼 이리 뛰고 저리 뛰고 할 필요 없이 승강대에 서 있으면 차를 앞에 세워놓고 문까지 열어 주어 편히 승하차할 수 있으니 나의 자가용이나 다름없는 것이다.

지하철을 이용하다 보면 종종 눈살을 찌푸리게 하는 일도 있지만 차 안에 들어서자마자 노약자석에서 일어나며 "다음에 내리니 이리 앉으세요" 하며 선뜻 자리를 양보하는 할아버지, 출입문 쪽에 서 있는 내 소맷자락을 살며시 당기며 빈자리를 권하는 할머니, 그리고 내가 앉아 있을 때 나보다 약해 보이거나 나이가 더 많아 보이는 분에게는 나 또한 기꺼이 자리를 양보하는데 서서 가더라도 일반인들의 좌석 앞을 피하여 노약자석을 고집하는 나로선 할머니 할아버지들끼리의 양보와 배려로 서로의 정감을 느끼게 하는 공유의 공간이기도 한 것이다.

그리고 날씨 변덕도 심했던 지난 3월 하순 어느 날, 나는 모처럼 지인들과 함께 저녁식사를 마치고 귀가를 위하여 광화문에서 지하철에 올랐다. 저녁 9시가 지나서인지 차내는 비교적 한산했고 갑작스런 추위로 승객 대부분은 두툼한 옷차림이었는데 이들 중에는 술도 한잔 한 듯 밝고 웃음 띤 얼굴로 다정하게 대화를 나누며 가는 모습도 간간이 눈에 들어왔다.

내가 자리한 곳은 아무도 없는 노약자석 빈자리 한쪽이었는데 다음 역에서 30대쯤으로 보이는 여성 한 분이 차 안에 들어와 내 곁에 자리했다. 다른 곳도 군데군데 비어있고 대부분의 승객들 특히 젊은 여성들은 빈자리에 앉더라도 한 자리를 띄우고 앉는데 이 젊고 예쁜 여성은 고개를 숙이고 수줍은 듯 미소 지으며 바로 내 곁으로 자리한 것이다.

그리고 이내 가방에서 이어폰을 꺼내 귀에 꽂고 캔을 꺼내 뚜껑을 열며 맛있어 보이는 캔디도 권하였고 자기도 하나를 집어 입에 넣은 후 신문을 보며 한동안을 갔다. 얼마를 갔을까 차가 멈추는 다음 역에 이르렀을 때 자리에서 일어나더니 밝은 모습으로 안녕히 가시라는 인사와 함께 조용히 차에서 내리는 것이었다.

아마도 나를 부모님과 같이 생각하거나 나이 많은 사람의 처지를 조금이나마 이해하고 마음으로부터 따뜻한 배려를 한 것으로 생각했지만 흔하게 있는 일은 아니어서 마냥 즐겁고 고마웠던 것이다. 지하철에서만 경험할 수 있는 사람 냄새가 풍기는 온정이 아닐까?

나는 시간 여유가 있을 땐 무임無賃의 혜택으로 부담 없이 소요산에 등산도 가고 온양에 들러 온천욕을 즐기는 것 등이 하루의 일과가 될 때도 있지만 연간(2011년) 약 1조 원의 적자와 무임승차 금액에 해당하는 비용이

2,200여억 원에 달한다는 내용의 보도를 보고 난 후부터는 무임이 마냥 즐겁기만 한 일은 아닌 것 같다.

경영의 합리화도 따라야겠지만 전체 인구의 약 10% 이상이 고령화 시대에 살고 초고령화 시대를 눈앞에 두고 있는 현시점에서 이를 해결하기 위한 새로운 좋은 방안을 모색해보는 것도 좋지 않을까 하는 생각을 해보게 되는 것이다.

**(2012년 6월 서울시 발행 '서울사랑'
원제: 즐거운 지하철)**

정우회 情友會

내가 고등학교를 졸업하고 대학에 진학하기 위하여 두 번째로 찾은 곳이 '종로구 창성동'에 자리하고 있던 모교이다. 그러니까 6.25 전쟁의 참화로 아직도 화약 냄새가 가시지 않고 곳곳에서는 파괴된 모습을 쉽게 볼 수 있던 1954년 3월의 서울 거리….

첫 번째로 지원한 대학 입시에서 고배를 마시고 진로를 고민하고 있던 나는 우연히 모교의 한 선배를 만나게 되었다. 그러니까 이 선배는 당시 모교 3학년에 재학 중이었고 학교 운영위원회 간부를 맡고 있었는데 허물어져 가는 옛날 기와집 골방에서 자취를 하며 진학 대비를 하고 있는 우리(세 명의 친구가 함께 있었다)에게 가끔 포도주 한 병을 사 가지고 찾아와 함께 마시며 다소 취기가 오르면 다음과 같은 이야기를 했다.

"1차로 지원했던 대학에 가지 못하게 된 것은 매우 섭섭한 일이지만 어디 그것이 사람의 실력을 다 평가한 것이라고 말할 수 있습니까? 그러니 다음에 지원할 대학을 결정하는 것이나 1년 동안을 재수할 것인가의 문제는 잘 생각해야 할 것입니다. 특히 재수는 1년이라는 귀중한 시간을 낭비하게 되니 그러지 말고 다른 공부에 힘을 모아 소기의 목적을 달성하는 데 보탬이 되도록 노력하는 편이 좋을 것입니다. 잘 알고 있겠지만 우리 학교는 학장이 신익희 선생이고 다른 대학 못지않은 우수한 교수진을 자랑하는 학교입니다. 더구나 신익희 선생이 대통령에 출마하여 당선된다면 엄청난 발전을 가져올 것입니다."

이후 이 선배는 기회가 되면 우리가 있는 이곳을 자주 방문하여 여러 가지 이야기를 들려주기도 하여 결국 모교에 입학하게 되었고 1년 동안 학교 공부를 하면서도 미련을 버리지 못한 채 대학 입시준비(재수)를 게을리하지 않았던 나는 결국 이 계획을 접고 모교에서 희망의 꿈을 키우며 4년간의 열정을 쏟게 되었다.

당시 교사校舍는 단층으로 된 본관 건물과 2층으로 된 강의동 건물 각 1동, 그리고 넓지 않은 공간의 운동장 등은 6.25 전쟁 시 부산에 있었던 '전시 연합대학'을 연상케도 하였던 것이다.

1958년 3월 대학을 졸업한 나는 타 대학 대학원에 진학하였고(당시 우리 모교는 대학원과정이 설립되지 않았었다) 학업과 군복무를 마친 후에는 직장생활에 뛰어들게 되었는데 연말이면 총동문회와 동기 동문회로부터 송년회 안내장을 받기 시작했다.

그러나 당시 사회생활의 초년생으로서는 여건이 허락하지 않아 자주 참석하지 못하였으며 모처럼 총동문회에 참석을 하고 보면 몇 분의 선배와 3, 4명의 동기동문을 제외하고는 모두가 생소한 얼굴들이어서 참여에 대한 의욕은 그다지 없었던 것이다. 상황이 이렇다 보니 당시 우리 9회 회장(당시 회장은 기억하지 못하고 있음)은 먼저 동기 모임만이라도 활성화하려고 많은 노력을 기울였으나 쉽사리 그 뜻을 이루지 못하고 있을 때 동문회와는 별도로 몇 명이 모여 구성된 친선 모임을 갖기 시작하였는데 이때에 나는 정수회情水會라는 모임의 한 사람이 되었다.

지금은 당시 모임의 발기자가 누구였는지 기억할 수 없으나 13명으로 구성되어 매 분기별로 1회의 모임을 가졌고 애경사가 있을 때면 회원 모두가 정감이 넘치는 축하와 따뜻한 위로를 게을리하지 않았는데 특히 승진하여 지방의 기관장으로 부임한 친구가 있는 때에는 부부동반 모임을 그곳에서 갖는 등 친목과 우의友誼를 돈독히 하며 30여 년을 넘게 보내 온 셈이다.

그리고 언제부터인가 정우회情友會라는 명의의 송년회 안내장을 받았다. 처음에는 '정수회'로 착각했으나 내용을 보니 전혀 다른 9회 동기 모임의 안내장이었다. 그동안 자주 참여하지 못한 탓으로 9회 동문회가 '정우회'로 개칭된 것을 미처 알지 못했지만 이후 줄곧 이 명칭으로 지금에 이르고 있으며 그동안 정리된 동문회칙이나 회원 주소록 등 기록을 보면 회장을 맡았던 동문이 얼마나 많은 수고를 했는지 그 흔적을 찾아볼 수 있는 것 같아 동문회를 대신하는 고마운 뜻을 기억에 남기고 있을 뿐이다.

어느덧 세월도 많이 흘러 오래전에 이미 모두 퇴직하였고 세상을 떠난 동문도 점차 늘어 '정수회'는 '정우회'로 하나 되어 매 홀수 달 9일에 만나(참여회원 30여 명, 참석 15~20명) 웃음 띈 얼굴로 정감이 넘치는 소주잔을 기울이며 서로의 건강과 모교의 발전에 관한 이야기 등으로 즐거운 한때를 보내고 있다. 현재 참여하는 동문은 당시 졸업생(졸업생 수 300여 명)의 약 10% 정도로 생각하고 있지만 앞으로 더욱 많은 동문이 건강한 모습으로 참여하여 활발한 정우회로 이어 갈 것이라 믿고 있다.

수일 전 나는 한 신문에서 '창성동 교정'에 선배들이 입학 기념으로 심었던 플라타너스 묘목이 거목이 된 사진을 담아 모교의 발전상과 역사성을 홍보한 광고를 보았다. 지금 생각하면 실로 꿈같은 이야기이지만 명실공히 글로벌 시대에 걸맞는 명문 대학교로 우뚝 서기 위해서는 앞으로 더욱 알찬 발전을 하여야 할 것이며 총동문회 또한 많은 동문들의 깊은 관심과 적극적인 참여로 더욱 활성화하고 화합과 단합을 이루어 모교의 발전에 기여하는 총동문회가 되었으면 하는 욕심을 부려 보는 것이다.

(2011년 가을 vol. 121 국민대 총동문회보)

내 모습

매일 아침 세수나 목욕을 하고 거울 앞에 서서 볼 수 있는 내 모습. 언제나 보는 모습이니 세월이 흘러도 변하는 것을 쉽게 알 수 없는 것이 자신의 모습인 것 같다. 지금도 매일 아침 새벽에 일어나 40여 년을 이어 오는 달리기 등 운동을 하고 샤워를 한 후 거울 앞에 서면 약간의 주름은 있지만 그런 대로 티 없는 흰 피부에 비교적 매끈한 얼굴과 몸매라고 스스로 자부하고 있다.

한 가지 눈에 띄게 달라진 것이 있다면 주변의 한결같은 성화에 밀려 머리 염색을 이어오다가 작년 말부터 중단하고 있으니 흰머리일 수밖에 없다. 나 자신도 염색할 때보다 더 늙어 보인다고 느껴지지만 나이는 숫자에 불과하다는 생각으로 열심히 살아가고 있다.

얼마 전 같은 직장에서 함께 근무했던 Y 선배가 자작 시집 한 부를 보내와 인상 깊게 읽은 적이 있는데 Y 선배는 80을 넘긴 연세에도 불구하고 어린이집에서 책 읽어 주기 등 봉사활동을 하며 모 대학의 시 창작반에 입문하여 익힌 실력으로 틈틈이 쓴 시를 모아 두 번째로 『황혼의 길』이라는 시집을 펴낸 것이다. 시마다 많은 경륜과 어르신의 현실에 대한 아쉬움을 소상하게 그리고 꾸밈없이 그려 낸 글들이어서 지금도 내 머릿속에 남아 있는 한 구절을 여기에 다시 떠올려 본다.

노인은 80부터
교회에서 소소한 일 돕자 해도
종이나 치고 마당이나 쓸라 하니 기력이 모자라고

도서관에서 책 정리하는 일을 하려 해도
어린이 동화책이나 읽어 주라 한다

공중목욕탕 열탕에 몸을 담그니 주인 다가와
탕에서 나오라고 며칠 전 노인 쓰러졌다고 경고하네

운전면허증 재교부 적성검사에서
자식 있으면 핸들 놓으라고 권한다…

이상은 Y 시인이 노래한 많은 시 가운데 그 일부이지만 사람은 누구나 늙어 가면서도 자신은 "아직은…" 하는 생각으로 살아가는지도 모른다. 나 또한 세월의 흐름을 잊은 채 시대에 뒤지지 않고 오늘을 열심히 살아가기 위해 연금지年金誌에서 안내해준 트위터며 새로운 시사용어들을 빠짐없이 익히고 특히 2013년에는 행정안전부에서 주관하는 노인 전산경진대회에 참여해 보고자 전문專門 정보화 교육에도 뛰어들었으니 이 또한 자신의 모습을 제대로 알지 못하고 살아가고 있는 것이 아닌가 하는 생각을 해 보기도 하는 것이다.

얼마 전 오후의 일이다. 지하철에서 내려 땀을 뻘뻘 흘리며 교육장을 향해 가는데 길옆 한 커피숍에서 구수한 커피 향내가 나의 코를 은은하게 자극하며 유혹했다. 마시는 맛보다 더 향기로운 커피향이….

시계를 보니 아직 시간 여유도 있고 해서 나는 땀도 식힐 겸 들어가 자리를 하자 아가씨가 내 옆으로 다가와 무엇을 드시겠느냐고 묻기에 나는 스스럼없이 라떼 한잔 부탁한다고 하니 "커피 이름은 어떻게 아셨어요?" 하는 것이었다. 무어라 말할 것인가? 머뭇거리다 좋은 얼굴로 "자기가 즐겨 마시는 커피 이름도 모르고 커피 마시려 오는 사람도 있나." 하고 말았지만 이 한마디가 나에게는 여러 가지 개운치 않은 여운을 머릿속에 남겨 놓고 갔던 것이다.

이뿐만이 아니다. 여행사에서 함께 여행할 분들의 주민등록번호를 알려 달라기에 문자로 전송하였더니 잘 받았다며 "그런 것도 할 줄 아세요? 멋쟁이세요" 하는 아가씨의 칭찬(?) 아닌 칭찬의 전화 그리고 아침 운동을 하며 철봉에 매달려 턱걸이 두세 번 하고 흔들기를 한 후 내려오니 옆에 서 있던 한 젊은이의 인사말이 거두절미하고 "대단하십니다." 하는 것이었다.

생각하면 이 모두가 내 모습을 여과 없이 비춰 주는 거울일 것이라고 믿고 있기에 이런 나의 모습을 뒤돌아보며 오라는 곳, 말하는 것, 행동하는 것도 한 번 더 생각해보고 실행해야 하지 않을까 하는 마음을 갖게 하는 것이다. 오랜만에 만나는 친구의 모습도, 지방에서 함께 고생하며 일하던 동료들의 모습도 내 모습처럼 변한 모습이겠지만 새삼 보고 싶은 얼굴로 다가오고 있는 것이다.

(2012년 12월 임우회보)

부안 扶安

나이가 더해 가니 체력이 떨어져서인지 추위를 더 많이 타는 것 같다. 지난겨울에는 유난히 더 춥고 길게 느껴져 3박 4일의 일정으로 비교적 가깝고 따뜻한 나라 타이완에 여행을 하며 여름과 같은 시간을 잠시나마 가져보기로 하였다.

말하자면 피한避寒을 떠나는 계획이었으나 뜻밖에 여행의 주요코스인 동부 화롄에 지진이 발생하여 이를 취소하고 여행사에서 새로이 변경한 일정에 맞추어 4월 10일에 출발하다 보니 우리나라도 겨울을 다 보내고 따뜻한 봄이어서 피한이란 말이 무색하게 되어버렸지만

10여 년 만에 다시 찾는 곳이어서 정치, 경제, 사회적으로 얼마나 많은 발전과 변화가 있는지 피상적으로나마 볼 수 있다는 것만으로도 의미가 충분하다고 생각하고 출발을 했다.

타이완에 도착하여 가이드와 미팅을 갖고 4일 동안의 일정을 함께할 버스에 올라 인원을 확인하니 모두 30여 명, 이 30여 명의 일행이 4일간을 함께 식사하고, 보고, 듣고 다니는 일정이 시작되었는데 남성 가이드는 하나라도 더 많은 정보를 주려는 듯 차 안에서도 현장에서도 열심히 설명을 하며 앞장서서 다녔다.

그리고 상호 간 인사도 나누고 여담도 할 수 있는 분위기 속에서 여행 일정이 거의 끝자락에 이른 날 아침 나와 동행한 C씨와 함께 버스를 타고 일행을 기다리고 있는데 70대로 보이는 한 부부가 차에 올라 자리를 하더니 남자분이 나에게로 다가와 "혹시 김봉선 군수님 아니세요?" 하고 물어왔다. 뜻밖의 일이었다. "그러습니다만……." 하니 그는 반갑게 내 손을 잡고 말을 이어갔다.

그러니까 졸저拙著 『인생 70년 공직 30년』을 감명 깊게 2번이나 읽고 자기 부인에게도 읽어보도록 권했었다며 책에 있는 나의 사진이 기억에 떠올라 반가운 마음에 확인을 하고 인사를 드리고 싶었다며 잠시 환담을 나누었는데 너무나도 반갑고 감사했던 것이다.

그리고 오전 일정을 마치고 점심식사 후 버스에 오르기 전 일행을 기다리고 있을 때 또 다른 한 쌍의 노부부가 다가와 반갑게 인사를 청하며 자기도 부안이 고향이고 선친께서는 군청 보건소장을 지냈었다며 반가워해 기억을 되살려 보니 내가 재직할 당시 연로했던 보건소장의 모습과 너무나 닮아 더욱 반가웠던 것이다.

그리고 차가 출발하자마자 가이드는 마이크를 잡고 이야기를 시작했다. "제가 고향이 부안이고 저희 전 군수님과 익산군수님이 이 자리에 함께하고 계시는데 그동안 너무나 예의 없는 이야기를 많이 한 것 같아 죄송하다."며 마이크를 통해 나를 소개하는 한편 일행과 함께 따뜻한 응원의 박수를 보내주었던 것이다. 후에 알게 되었지만 맨 먼저 차내에서 사진을 보고 기억이 났다는 부부가 한 테이블에서 식사를 하며 나에 대한 이야기를 나누었던 것 같았다.

인연이라고 할까. 모두가 우연의 결과이지만 여기서 뿐만 아니라 나는 비교적 많은 곳에서 부안 출신 인사들을 직, 간접으로 자주 만나는 편인데 아마도 이 고장 출신들이 여러 분야에서 왕성한 사회 활동을 하며 지역이나 국가에 기여하는 일들을 많이 하고 있기 때문이 아닌가 생각하고 있다.

돌이켜 생각하면 나는 중, 고등학교를 전주에서 다니면서 바다와 접해있는 부안은 꼭 한 번쯤 가보고 싶은 동경의 대상지이기도 했지만 진안의 산골 출신인 나로서는 경비조달이 어려워 생각조차 할 수 없었고 특히 여름방학 때 친구들의 변산 해수욕장에 가자는 권유를 받으면 나는 그저 먼 나라 이야기같이만 들렸던 것이다. 현직(산림청)에 있을 때에도 몇 차례 출장을 할 기회가 있었으나 부안과 김제는 비교적 산림면적이 적고 평야부가 되어서 자연히 들를 기회가 주어지지 않았고 고창과 순창을 거쳐 전남으로 향하는 일정이 대부분이었던 것이다 그리고 1980년 8월 15일 나는 정부 발령에 의해 전주에서 승용차 뒤 트렁크에 이불보따리 하나를 싣고 부안으로 향했다. 그야말로 가깝고도 먼 부안으로 가는 길목, 달리는 차창 밖에는 뜨거운 햇빛이 작열했고 끝없이 펼쳐지는 잔잔한 푸른 파도 속에서는 이미 하나둘 결실의 꽃이 목을 내밀기 시작해 마냥 정겹고 풍요로운 고장으로 느껴지는 곳….

내가 그 풍요를 잉태하고 있는 파도 위를 곡예라도 하듯 자유롭게 하늘 높이 날고 있는 제비를 바라보며 잠시 사색에 잠겨 있는 순간 함께한 직원이 여기가 동진강인데 이곳을 건너가면 부안이라고 했다. 이제 나도 부안군민의 한 사람으로서 생활을 시작하는 순간이었던 것이다. 생소했던 부안에서 생활을 시작하고 동화하며 가장 많이 들었던 이야기는 "생거부안生居扶安, 사거순창死去淳昌"이다. 즉 들이 넓으니 식량이 풍부하고 바다가 있으니 해산물이 풍부하며 염전鹽田이 있으니 소금이 풍부해 외부와 단절되어도 생활에 안정을 기할 수 있는 고장, 살기 좋은 고장 부안이라는 군민의 자부심은 가득했다.

이처럼 살기 좋은 고장 부안에서 나는 더욱 발전을 기하고자 하는 뜻에서 "살기 좋은 부안 건설"이란 기치 아래 동분서주 열심히 일하게 되었다.

당시는 오로지 식량 증산이라는 목표 아래 대부분의 행정력을 농업 분야에 치중하다 보니 무리하게 추진하는 사안도 많았지만 모든 업무를 사심私心 없이 추진하려는 나의 뜻에 직원들은 동참하고 함께 열심히 일할 수 있었던 것은 큰 보람이었다고 생각하고 있다.

새벽부터 밤늦게까지 땀 흘리며 서로를 믿고 정을 쌓아가며 숨 가쁘게 달려온 1년이 되던 어느 날, 나는 L 교육장과 점심식사를 하며 부안 관내 초등학교에 아직도 오르간이 없는 학교가 있으면 내가 1대를 선물하겠으니 추천해 달라는 부탁을 드렸더니 교육장은 학교에 돌아가 잠시 후 전화로 한 초등학교를 추천하여 왔다.

나는 부임하는 달부터 경리담당자에게 내 봉급에서 일정 금액을 공제하여 1년 만기 적금을 넣도록 했다. 이후 통장을 현금으로 찾아 전주에 있는 악기점에서 제일 좋은 오르간 1대를 구입하여 교육장이 추천해주신 초등학교에 전달해 주도록 했다.

작은 것이지만 내가 초등학교 시절엔 하나뿐인 오르간을 음악시간에만 교실을 옮겨가며 선생님이 이용하고 공부를 한 후에는 자물쇠를 채워 버려 건반 한번 눌러보고 싶어도 눌러보지 못했던 기억이 지금까지 남아 있어 유용하게 활용해 주었으면 하는 마음에서였던 것이다.

오르간을 전달한 후에는 생각지도 않은 초등학생들로부터 감사의 편지가 오기 시작했고 나는 지금도 그 편지를 읽던 기억을 잊을 수가 없다. 아마도 그 편지를 썼던 당시의 어린 학생들은 지금쯤은 불혹不惑의 나이를 넘기고 건강한 모습으로 각계분야에서 왕성하게 활동을 하고 있을 것으로 믿고 있다.

10년이면 강산도 변한다는데 강산이 세 번이나 변한 지금도 정을 보내오는 친구들도 있으니 내 어찌 고향이 부안이라고 하지 않을 수 있을까?

얼마 전 기회가 있어 잠시 들려 본 부안, 도로며 각종 기반시설이 훌륭하게 조성되어 있고 아름다운 관광명소 등도 깨끗하게 정리되어 많은 관광객이 다시 찾고 싶어 하는 고장으로 손색이 없는 부안, 살기 좋고 살고 싶은 고장이다. 한 가지 아쉬운 점은 내가 재직하고 있을 당시와 비교해 군민의 수가 많이 감소했다고 하는데 지금 한창 개발이 추진되고 있는 새만금사업이 성공적으로 완수되어 많은 산업시설이 활발하게 가동되기 시작하면 지역경제는 활성화되고 많은 인구가 다시 유입되어 활력 넘치는 고장이 될 것임을 믿어 의심치 않고 있다.

(2018년 부안문학 24)

One mouth two speaks...

퇴직하고 얼마 후의 일이다. 그동안 현직에 있을 때는 나름대로 각자의 직무에 따라 해외출장을 하는 기회가 있기도 했다. 직무상 여행이란 편리한 경우도 있으나 관광지 한 곳이라도 들리다 보면 언제나 보이지 않는 심적 부담이 내재內在되어 있어 출장을 마칠 때까지는 항상 주변을 살피는 신경을 게을리할 수가 없었던 것이다.

하지만 퇴직 후 함께 근무했던 동료들과 하는 관광 여행이라면 자유롭고 즐거움이 더할 것 같아 네 명으로 구성된 일행을 한 팀으로 해외여행을 하기로 하고 목적지,

여행사 선정, 여행일정 등을 합의한 후 여행사와 계약을 체결하고 출발 10여 일 전에 여행경비 잔금까지 완불하였다. 그런데 출발 2일 전에 K 친구로부터 전화가 걸려 왔다.

"미안합니다. 여행을 함께하려고 했는데 못 가게 되었으니 셋이서 재미있게 잘 다녀오시지요. 나는 여행경비도 환불받았습니다. 여행사 직원이 너무나 고집이 세서 기어코 위약금을 공제해야 한다고 하여 잔액만 환불받았습니다"

나는 혹시 가정에서 교통사고나 상사喪事 등 갑작스러운 특별한 사정이 있는지 물어도 보았지만 그러한 일은 전혀 없다는 것이었고 후에 만나 확인도 했지만 똑같은 대답이었다. 여행경비 문제 때문도 아닐 것이고…. 나는 K 친구가 왜 돌연 그러한 심경의 변화가 일어났는지 지금도 알 수도, 이해할 수도 없지만 호텔 방 하나에 대한 싱글 차지(single charge)는 셋이서 공동으로 부담하고 여행을 다녀왔다. 그러다 보니 네 사람 모두에게 많은 금액은 아니지만 금전적 손해가 발생했고 더 중요한 문제는 상호 간 얼굴을 붉히는 일은 없었지만 그동안 쌓였던 신뢰의 마음 한구석에는 금이 가 오랫동안 머릿속에 남아있는 붕우유신朋友有信이란 말도 무색해져 버린 것이다.

사람은 누구나 스스로 의사를 결정할 수 있는 능력이 생기면 법령이 금지하거나 제한하고 있는 행위 등을 제외하고는 많은 사람과 자유로이 약속(계약)을 하고 그 약속을 지킴으로써 사회질서는 물론 신뢰사회가 확립되는 것이고 이와 반대되는 현상이 빈번히 대수롭지 않게 발생한다면 혼란과 무질서의 사회가 되고 말 것이다.

공자는 치국治國의 요체로 식食(경제), 병兵(국방), 신信(신뢰)의 셋을 들었다는데 그중에서도 가장 중요한 것으로 신뢰를 꼽았다는 사실은 널리 알려진 이야기이며 우리 사회에서도 오래전부터 언행일치言行一致와 장부일언은 중천금丈夫一言 重千金이란 말로 약속이행의 중요성을 강조하여 온 것이다.

그러니까 70년대 중반으로 기억하고 있다. 새마을 운동이 한참 전개되고 경제발전이 힘차게 이루어지는 단계에서 "자가용 타고 친정 가세! 비행기 타고 미국 구경 가세!" 하는 노래가 불리고 많은 국민의 가슴속엔 내일의 희망이 부풀어 있을 때 봤던 영화 속 한 장면의 이야기이다.

지금은 고인이 되었지만 원로 코미디언 김희갑 씨 부부가 미국 구경에 나섰는데 차림은 하얀 한복 바지저고리와 두루마기를 입고 신발도 흰 고무신에 모자는 한쪽이 찌그러진 중절모를 쓴 한국인 시골 노신사가 한복을 곱게 차려입은 부인(할머니)과 함께 한껏 멋을 부리고 미국 구경을 나섰다가 번화한 길거리에서 미국 사람과 만나 길 안내를 받으며 무엇인가 약속을 하고 이를 꼭 지켜야 한다는 뜻으로 손짓발짓을 해가며 이렇게 말하며 강조한 것이다.

"Korea에는 이런 말이 있어. One mouth two speaks는 two father's boy이야. 알겠어?"

그러자 키 크고 코도 큰 미국인이 두 사람을 내려보며 알아들었는지 못 알아들었는지 알 수 없으나 멀쑥이 서서 연신 오케이, 오케이만 하고 있었지만 일구이언-ㅁㄷ

言은 이부지자二父之子를 이렇게 영어로 표현하고 약속이행을 강조하였던 것이다.

당시 이 영화를 보면서 나는 김희갑 코미디언의 표정과 행동만을 보아도 웃음이 저절로 나올 정도였는데 이 말은 더욱 나를 많이 웃겼던 것이다.

생각해보면 지금은 고도의 신용사회라고 할 수 있을 것이다. 국제간은 물론 공인公人과 국민 그리고 개인 간의 경제활동일 경우 특히 금융거래 등에서는 신용등급에 따라 거래가 자유로울 수도 있고 제한되기도 하는데 사사로운 친구 간의 약속도 이해관계가 수반하는 경우에는 크게 발달한 녹취(록)이 법적 증거능력을 확보해주고 있어 신의성실의 원칙에 따라 이행하여야 하며 설사 법적 문제가 아니더라도 상호 간 존중하는 가운데 충실히 이행함으로써 건전한 신뢰사회가 이루어지도록 하여야 하지 않을까 생각해보는 것이다.

더구나 요즘에는 지도층 및 공인이라는 사람들이 국민을 향한 약속을 이행하지 않고 식언食言을 하는 경우를

흔히 볼 수 있는데 이는 나만의 생각은 아닐 것이다. 내 주변에서부터 약속을 지키지 않거나 특히 공인이 식언하는 경우를 경계하여 신뢰사회를 이루고 국가발전에도 기여할 수 있기를 기대해 보고 싶은 것이다.

(2016년 10월 임우회보)

인질 人質

얼마 전 나는 『사채시장의 여인들』이라는 책을 읽은 적이 있다. 막대한 자금을 운영하는 사채업자와 전주錢主를 둘러싼 이야기인데 잘 알려진 바와 같이 사채시장은 사정이 급박하고 경제적 여건이 어려운 사람들에게 돈을 빌려주고 고리高利의 금리를 취하는 곳이다. 여기에 자금을 대는 사람은 대부분 수십억 내지는 수백억을 가지고 있는 돈 많은 여인들….

그리고 이 자금을 신탁받아 운영하는 회사(조직)의 사장은 법보다 주먹을 앞세우는 무법천지의 막강한 힘을 휘

두르는 완력腕力을 가진 인물로 채무변제가 여의치 않을 때에는 법적 절차에 의존하지 않고 즉시 채무자를 인질로 하여 신체적, 심리적 압박을 가하기도 하고 때에 따라서는 캄캄한 밤중에 인기척 없는 산중으로 끌고 가 생매장 등의 위협을 가하여 채무변제를 받기도 한다는 것이다. 그야말로 공포와 전율이 느껴지는 인정사정없는 사형私刑의 현장인 것이다.

한편 이곳에 많은 자금을 신탁한 여인들은 자기 돈을 지키기 위하여 때에 따라서는 이들에게 고가의 외제차 등을 선물하는가 하면 서울 근교의 호화로운 별장에 초대하여 파티도 열어주고 사채를 운영하는 사장이 호텔의 나이트클럽 등을 인수하여 신장개업을 할 때에는 거액의 축의금을 경쟁적으로 건네줄 뿐만 아니라 때로는 자기 몸도 스스럼없이 내맡긴다는 것이다.

이같이 우리 사회에서는 법적으로 허용되지도 않고 있어서는 안 될 인질극이 보이지 않는 곳에서는 아직도 다반사茶飯事로 자행되고 있다면 이는 하루속히 일소一掃되어야 할 국가적 사회적 과제가 아닐 수 없다.

나는 이처럼 생명을 위협받는 공포의 대상으로서가 아니라 스스로 자처하여 인질이 된 적이 있다. 그러니까 1966년 산림청이 발족하기 전 농림부 산림국에 근무할 때의 일이다. 갱지更紙 전지에 검은 매직펜으로 산림청 신설의 필요성을 알리는 브리핑 차트를 만들어 어깨에 메고 당시 C 산림국장의 지프차 뒷좌석에 올라 호텔이나 관계 부처 등에 이를 설명하는 자리를 쫓아다녔다. 주로 국회 농림분과위원회와 학계 교수들을 대상으로 하는 브리핑이었다.

이때 산림청을 신설하는 정부조직법 개정(안)은 어떤 연유인지 알 수 없었으나 정부 제안으로 추진하는 것이 아니라 국회의원 제안 입법으로 하는 방침이어서 이에 대한 의원들의 의견이 있을 때마다 수시로 그 내용을 반영하고 정리하여 브리핑을 하였다.

그리고 이 브리핑에 차질이 없도록 밤낮없이 자료를 챙긴 덕분인지 마침내 의원입법으로 발의되어 산림청을 신설하는 정부조직법 개정(안)이 통과돼 마침내 1967년 산림청이 탄생하게 되었다.

당시 박정희 대통령은 산림에 대한 관심이 지대하여 정치적인 배려가 있었겠지만 정부조직법이 정부 제안이 아닌 의원입법으로 제안, 개정되어 새로운 산림청이 신설된 것은 이례적인 일이었다. 이러한 사실은 벌써 45여 년 전의 일이어서 아마도 지금은 이런 내용을 알고 있는 사람은 그리 많지 않을 것이다.

산림청은 1967년에 출범되었으나 나는 그 후에도 산림관계법령 개정(안)에 대한 브리핑 차트를 짊어지고 다니는 운명을 벗어나지 못했다.

나의 근무처가 법무당당관실이다 보니 산림청 발족에 따른 많은 산림관계법령 작업이 쌓여 있어 이곳저곳 브리핑 차트를 짊어지고 다닐 수밖에 없었던 것이다. 그 많은 산림 관련 법령 중에서도 산림법 전면 개정은 보통 힘든 작업이 아니었던 것이다.

이 산림법 개정을 위하여 학계는 물론 관계부처 장 · 차관 등을 대상으로 수많은 브리핑과 토론이 이루어졌으니 브리핑 차트는 수없이 수정과 보완을 거듭할 수밖에 없었고 이렇게 확정된 법(안)을 국회에 제출하고 나면 또 국회 전문위원의 심의를 거치는 과정에서, 또 한 번 수정보완을 해야 했으니 정말 힘든 작업이 아닐 수 없었다.

그 당시는 현재의 서울시市 의회議會 건물이 국회였고 산림청은 청량리에 있었다. 수없이 반복되는 수정 보완 작업이 밤낮을 가리지 않고 이뤄져 아예 국회에서 가까운 서림호텔(지금은 세종로 동아일보 신사옥이 있는 곳)에 방을 잡아놓고 일을 했다. 호텔에서의 작업은 산림법 개정(안)이 국회 농림위원회를 거쳐 본회의 상정이 있을 때까지 대기 상태가 이뤄졌고 수시로 이뤄지는 대정부 질문에 대비하였다. 산림청 대정부 질문 일정이 잡히면 즉시 사무실에 연락하면 청 · 차장은 문론 관계 국장들까지 국회로 달려와 답변 자료를 챙겨드려야 했으니 정말 화장실 갈 틈도 없을 만큼 바빴다.

이렇게 산림법 개정(안)은 수 없는 수정과 보완을 거듭한 끝에 드디어 1969년 12월 말 국회본회의에 상정되었고 청장을 비롯한 관계관들이 국회로 달려와 산림법 개정(안)에 대한 대정부 질문이 끝나 마침내 산림법 개정(안)을 알리는 의사봉 소리가 국회 본회의장에 쩌렁쩌렁 울려 퍼졌다.

그러자 괘종시계도 긴 여운을 남기며 뎅 뎅 뎅 자정을 알렸으며 청장을 비롯한 관계관들이 고생하였다는 한마디 말들을 남기고 국회를 떠나가자 산림법 개정(안)으로 북적이던 호텔방에는 나 혼자만 달랑 남게 되었다. 그동안 수고한 만큼의 보람도 있었지만 텅 빈 호텔방은 허전함으로 가득했다. 무사히 끝냈다는 안도감 그 뒤의 허전함을 누가 알까?

호텔방에 혼자 남아 갇히게 된 것은 호텔이용료를 정산할 돈이 없어서 정산될 때까지 인질로 남게 된 셈이었다. 지금처럼 신용카드가 있었으면 이런 일은 없었을 것이나 당장에 돈을 마련할 길이 없는 어색한 분위기가 되어 가장 하위직인 내가 인질을 자처하고 나섰던 것이다.

그렇게 허전하고 쓸쓸한 하룻밤을 지나고 내일은 집으로 돌아갈 수 있으리라는 기대로 밤을 지새웠다. 그러나 날이 밝아 해가 중천에 떴는데도 사무실에서는 아무런 연락이 없었다. 사무실에서는 없는 돈을 각 국별로 분담 갹출해야 했으니 그럴 법도 했다. 늦은 오후에야 비로소 호텔비가 마련되어 풀려날 수 있었던 것이다.

늦은 오후였지만 일에 쫓기지 않고 이렇게 느긋한 마음으로 사무실로 향한 일이 얼마만인가! 브리핑 차트를 짊어지고 여기저기를 허겁지겁 뛰어다니던 일, 산림법 개정(안)이 상정되기만을 기다리며 혼자서 무료하고 지루하게 답답한 마음으로 국회와 호텔 방을 지키던 일, 호텔 이용료 때문에 인질이 되었던 일 등…. 그 힘들고 어려웠던 일들이 주마등처럼 스쳐 지나갔다. 이제 그 모든 것들을 훌훌 털어버리고 사무실로 돌아가는 발길은 뿌듯한 보람과 성취감으로 마음은 솜털처럼 가벼웠다.

(20011년 봄 여름 산림문학)

카드 유감

현대는 카드시대라고 할 수 있을 정도로 그 종류나 이용 범위가 다양하고 광범위한데 그중에서도 신용카드(Credit Card)가 대종을 이루고 있다고 할 수 있을 것이며 규격 또한 특수목적으로 제작된 것 이외에는 세계적으로 동일한 것 같다.

내가 처음 카드를 사용해본 것은 1980년대 말 한 친구의 초청으로 미국에 들렀을 때 호텔의 방 키(key)였다. 그동안 이용해 본 다른 호텔의 방 키는 대부분 작은 4각의 플라스틱 봉에 2, 3개의 키를 묶어 주는 것이었지만 이

호텔에서는 작은 봉투에 카드로 된 키(key)를 2장씩 넣어 주어 그 느낌이 새롭게 받아들여졌던 것이다. 그 후 우리나라에서도 드물게 신용카드(Credit Card)를 이용하여 결제하는 것을 볼 수 있었는데 외화 절약과 국익을 목적으로 금지해왔던 해외여행이 1983년 자유화되면서 더욱 가속화되었다고 할 수 있을 것 같다.

1993년 내가 퇴직을 하고 처음 해외 관광여행을 떠날 때만 해도 대부분의 사람들은 신용카드를 이용하는 것은 생각도 못 했고 여행경비는 현금을 달러로 환전하여 소지해 사용했으며 달러 이외에도 도난이나 분실에 따른 도용의 위험성이 적고 안전하다는 여행자수표(Traveler's Check)를 구입하여 사용하기도 했는데 이처럼 불편한 틈새를 비집고 신용카드는 급속히 파고들어 그 영역을 넓혀 갔던 것이다.

그러던 어느 날 이웃처럼 드나들며 이용하던 한 은행에 들러 간단한 용무를 마치고 돌아서려는데 담당 직원은 자기 은행의 신용카드에 대하여 설명을 하며 발급받아 이용해 보시면 어떻겠느냐는 권유를 해왔다.

"우리 은행 신용카드를 지금 신청하여 발급받아 이용하시면 국내는 물론 외국 여행 시에도 자유롭게 각종 물품대금 등을 결제할 수 있고 연회비도 영구히 면제되며 더욱이 K항공사와 제휴하여 이용하는 금액 비율로 항공 마일리지도 적립되어 해외여행 시에 유용하게 활용할 수 있는 등 많은 혜택이 있다."는 것이어서 특별한 조건이나 부담이 없음을 확인 후 직원이 내미는 깨알 같은 약관을 읽어 보지도 않고 서명하였고 추가로 증명사진도 1매 제출했는데 수일 후 카드는 등기우편으로 배달되어 왔다.

그러니까 나로서는 신용카드라는 것은 일생을 통하여 처음 소지하고 이용하기 시작한 셈이었는데 카드에는 분실 시 부정사용을 방지하기 위한 것이라며 한 모서리에는 증명사진마저 인쇄되어 있어 특별한 사람만이 소지하고 이용하는 카드처럼 느껴졌다. 사실 당시에는 사업을 하거나 돈 많은 사람들에겐 필요할지 모르지만 약간의 용돈을 쓰는 나 같은 사람에게는 사치라고 느껴지기도 하였던 것이다.

하지만 문제는 사용하는데 다소의 심리적 부담감도 있었다. 많은 금액을 이용하거나 거래상 쓸 돈도 없지만 편의성 때문에 금액의 다과에 관계없이 카드를 이용하였는데 대부분의 거래 업체(주로 식당)에서는 세금 과표가 여과 없이 기록되기 때문에 불리하다는 이유를 들어 카드결제를 기피하는 경향이 있었던 것이다.

반면에 국세청에서는 공평과세와 세금탈루 등을 방지하기 위한 시책으로 카드 사용을 적극 권장하였으며 그 일환으로 매월 카드 사용 건수별로 추첨을 통하여 상금을 주는 등의 제도를 권장 시행하기도 하였던 것이며 그 결과 국세청의 시책과 이용자의 편의성이 함께 맞아 들어 카드이용은 점증하고 더욱 확산되어 지금은 보편화에 이르러 생활의 필수 수단으로서 완전한 신용사회의 기틀을 마련하게 된 것이다.

그러데 최근 어느 날 은행에서 한 직원으로부터 전화가 걸려왔다. 카드 장기이용 고객에 한하여 카드를 이용할 때마다 즉시 사용금액을 문자로 연락해주는 'sns' 서비스를 무료로 제공해 드리니 사용해보라는 것이어서 나는 이에 동의하였고 이후 나의 휴대전화에는 은행 직원의 말과 같이 카드를 이용할 때마다 즉시즉시 사용한 금액이 문자로 알려와 큰 도움이 되는 것은 아니었지만 혹시 분실 시 부정사용의 방지와 계산 착오의 방지 등을 위하여 도움이 될 것 같아 그저 편리하다고 생각하고 이용해왔다.

그러던 어느 날 이 은행이 다른 한 은행으로 인수 합병되고 얼마 되지 않아 고지 없이 월별 카드 사용대금 청구서 내역에 'sns'요금이라며 약간의 대금청구를 해왔고 다시 얼마 후에는 1년간의 카드사용료도 청구하여 왔다. 나는 지체 없이 은행에 전화를 걸어 항의성 확인을 해보았으나 '회사 규정'이 변경되어 어쩔 수 없다는 직원의 퉁명한 대답만이 돌아왔다.

은행의 입장에서 보면 나 같은 사람이야 하찮은 작은 이용자에 불과했겠지만 스스로 준 혜택, 그리고 카드발급 당시 카드이용료는 무료로 한다는 약정을 무시하고 사전 일언반구 고지 없이 일방적으로 이용료를 부과해온 것은 부당하다고 생각되어 30여 년간 나의 지갑을 대신해 온 손때 묻은 정든 카드는 아쉬움을 달래며 탁자 서랍 속에 고이 잠재우고 새로운 카드가 내 지갑을 대신하게 되었으니 이는 회사(은행)의 전횡이라고 생각되고 더욱이 회사(법인)가 합병하여도 이용자의 권리의무는 승계된다는 것이 일반적인 상식이라고 생각해 보면 마음이 더욱 씁쓸할 뿐이다.

(2020년 11월 임우회보)

실수

여행과 사진

옛날 이야기

오는 봄 가는 봄

80에 추억 만들기

잊어버린 계절

졸업 없는 대학

2부

실수

지난해(2018) 가을 나는 한 친구와 함께 모처럼 제주 여행의 기회를 가졌다. 처음 가는 곳은 아니지만 관광지라는 곳이 어느 곳이나 환경이나 여건 등이 수시로 많이 변하는 것이 현실이어서 3년 만에 다시 찾는 제주도가 얼마나 달라졌을까 하는 관심과 기대감을 갖고 떠났다. 특히 요즈음은 각 지방 자치단체가 관광객 유치를 위하여 새로운 시설과 볼거리 그리고 편익시설 등을 경쟁적으로 증설하고 개선하는 것이 현실이기 때문이다.

우리는 먼저 비행기에서 내려 시티 투어를 하고 한 호텔에서 1박 후 승용차를 대절하여 삼성혈, 관덕정 등을 시작으로 관광의 명소를 찾아 출발했는데 도로변 밭에는 황금빛으로 익어가는 귤이 주렁주렁 매달려 가지마다 그 무게를 지탱하느라 힘겹게 늘어져 있고 야트막한 돌담 넘어 가정집 마당에 서 있는 한두 그루씩의 귤나무에도 귤이 탐스럽게 익어가는 모습은 제주도의 특색으로 풍성함을 느끼게 했다.

생각하면 70년대 중반으로 기억하지만 출장으로 이곳을 찾았을 땐 주민들에게는 귤나무는 황금 열매가 열리는 나무로 호칭되었고 몇 그루만 있어도 자녀를 서울로 공부를 보낼 수 있는 여건이 마련된다고 귀띔해 주기도 했던 것이다. 수요需要는 많고 생산량은 절대량이 부족했으니 그럴 만도 했으며 이때부터 귤은 제주도를 상징하는 과일이 되었을 것이다.

점심 식사 후의 일이다. 거리를 달리며 귤 고장에 와서 아직도 귤 맛을 보지 못해 후식으로 귤을 먹고 싶었으나 가게마다 포장 단위가 커서 사지 못하다가 천제연의 한 가게에서 소량 포장의 귤을 발견하고 사게 되었는데 가격은 3,000원.

나는 주저하지 않고 신용카드를 주인에게 내밀었고 주인은 귤과 함께 영수증을 건네주어 그대로 받아 들고 출발을 하였으나 차 안에서 영수증을 정리하며 확인한 금액은 30,000원. 아차! 생각하며 다시 보았으나 틀림없었다.

차가 멀리 떠나오지 않아 발견한 것이 다행이었다. 차를 되돌릴 수밖에 없었다. 가게에 도착하여 주인에게 영수증을 제시하며 "이것 잘못된 것 같네요" 하니 두말없이 "미안합니다. 착각한 것 같습니다. 현금으로 돌려 드리겠습니다." 하며 30,000원을 건네주었고 매점주인의 부인인 듯한 아주머니는 동행한 친구에게 생선포 스낵 한 봉지를 손에 쥐어 주며 사과하기도 했던 것이다. 언제나 카드를 이용하면 영수증을 받고 확인을 하였으나 여행 중 시간에 쫓기다가 그만….

그런데 일진日辰이라는 운세가 있는 것일까? 서울에 돌아와 수일이 지난 어느 날 시내에서 지하철을 타고 귀가하며 환승역 가판대에서 신문 한 부를 사기 위해 들렀는데 주인아저씨는 연세가 많은 노인으로 두터운 안경을 코끝에 걸치고 졸고 있었다. "이 신문 한 부 주시지요" 하며 신문을 손에 들고 5천 원권 지폐 한 장을 건네주었더니 노인은 현금이 들어있는 것으로 보이는 종이 상자에서 한참 동안을 찾더니 "우선 200원을 먼저 받으세요" 하며 동전 200원을 손바닥에 올려놓아 주었다.

신문 한 장에 800원이니 먼저 1000원에 대한 거스름돈으로 준 것이다. 그리고 다시 꼬깃꼬깃한 1000원권 두 장과 500원권 동전 4개라며 주어 받아들고 차가 들어와 서둘러 전철을 타고 확인해보니 동전은 500원권 2개와 100원권 2개였다. 그러니까 신문 한 부에 두 부 값을 주고 산 셈이 되고 말았던 것이다.

이 모두가 사소한 일들이지만 결과적으로 보면 짧은 기간 내에 상대방의 잘못이든 자신의 잘못이든 연속적으로 두 번이나 실수를 하고 말았으니 깊은 생각 없이 "일진이 안 좋아서…"라는 생각을 하였던 것이다.

속담에 "급할수록 돌아가라"는 말이 있다. 급하면 더 마음의 여유를 가지라는 뜻으로 받아들여지지만 행동은 말처럼 그리 쉽지는 않은 것 같다. 몸도 마음도 젊었을 때처럼 따라주지 않으니 더욱 '돌아가야 하는 자세가 필요하다'고 생각해보지만 쉽지 않으니 명예나 경제적으로 큰 손실을 받은 사람에겐 결코 "한 번의 실수가 병가상사兵家常事"라는 말이 조금의 위로도 될 수 없지 않을까 생각해 본다.

(2019년 11월 임우회보)

여행과 사진

지난해, 그러니까 2013년 말이다. 모처럼 원거리 해외 여행을 하고자 한 여행사에 동유럽 신청을 했더니 출발 10여 일을 남겨 놓고 모객 예정 인원이 미달되어 당해 여행계획을 취소했다는 연락을 받았다. 여행 출발 예정 한 달여 전에 신청을 했는데도 비수기이자 여행경비가 다소 비싸기 때문일 것이라고 생각하고 차선책으로 택한 곳이 싱가포르(조호바르-말레이시아, 바탐-인도네시아 등)이었다.

흔히 싱가포르는 "질서와 벌이 엄격하여 사회 질서는 확립되어 있고 도시는 깨끗하나 국민들이 틀에 박힌 답답한 생활을 하는 것 같다"는 글을 읽은 적이 있어 다소 의 호기심도 있었을 뿐만 아니라 추위를 피해 잠시 더운 지역에서 쉬었다 오고 싶은 생각에서였다.

그러니까 2013년 11월 27일 나는 3박 5일 일정으로 인천공항을 출발하여 현지시간 밤 10시 30분경 싱가포르 창이국제공항에 도착했는데 입국심사 전 동행한 안내양이 일행을 모아놓고 다시 주의 사항을 환기시켰다.

술은 일체 반입할 수 없으며 담배는 뜯지 않은 갑으로는 반입할 수 없고 한 개피라도 피운 것만 허용되며 껌도 수입 금지 품목이어서 시내에서는 판매하지 아니하니 혹시 껌을 갖고 왔어도 길거리에서 씹어서는 안 된다는 것 등 이었다. 내심 역시 기초질서가 엄격한가 보다 하는 생각을 하며 입국 심사를 마치고 호텔에 투숙 후 다음 날부터 관광일정에 나섰다.

그런데 관광을 다니면서 안내자는 명소라는 곳에서 설명이 끝나면 어김없이 3~40분의 시간여유를 주어 기념사진을 촬영하도록 했으나 당초부터 사진 촬영을 하지 않으려는 생각으로 출발한 나는 그저 눈으로 관망하고 메모를 하며 필요한 자료만 수집하니 일행 중에는 "왜 사진 안 찍으세요? 제가 찍어 드릴까요?" 하고 친절을 베풀며 다가오는 분이 있었지만 "찍지 않고 싶어서요, 고맙습니다" 하고 정중히 사양하고 말았다.

사실 여행을 하다 보면 누구나 증명사진(?)도 되고 많은 추억을 남기기 위하여 사람과 사람 사이를 분주히 헤집고 다니며 더 좋은 장면을 카메라에 담고자 하는 것이 여행하는 사람으로서의 욕심일 것이다.

나 자신도 젊었을 땐 출장이나 여행을 떠나게 되면 무엇보다도 먼저 챙기는 것이 카메라였고 많은 사진을 찍어 앨범을 만들어 두고 보며 즐거운 시간을 갖기도 했지만 지금은 아쉬움을 뒤로하고 거의 모두 정리한 상태이니 사진을 찍고 싶은 생각도 없을 뿐만 아니라 찍어도 그리 보기 좋은 모습은 아니라고 생각되어 가급적이면 사진 촬영을 피하려고 하는 것이 나의 편협된 변이다.

그런데 일행 중 60대로 보이는 한 쌍의 부부 중 남편은 디카를 가지고 열심히 사진을 찍었고 나에게도 함께 찍

자고 권유하여 두세 차례 찍었다. 그리고 여행이 끝나갈 무렵 이분(J 씨)은 사진을 보내 드리겠으니 주소를 알려 달라고 하여 나는 감사하다는 인사와 함께 이메일 주소를 메모지에 적어 건네주었다.

여행을 마치고 귀국한 후 수일이 지난 어느 날 메일을 열어보니 뜻밖에도 알집으로 압축하여 보내온 사진이 첨부되어 있었다. 그분들과 사진을 두세 장밖에 찍은 기억이 없는데? 하는 생각으로 이를 풀어보니 무려 30여 장의 사진이 나왔다. 아마 이분은 관광 명소라는 곳마다 빠짐없이 나도 모르는 사이 내 모습을 카메라에 담아 보냈던 것이다.

잠시 둘러 본 싱가포르, 시가지 거리마다 상하의 나라답게 활엽수 등의 거목이 가로수로 울창하게 덮고 있고 자동차는 많아도 경적 소리를 들을 수 없을 뿐만 아니라 도로변에 주차한 차량도 볼 수 없고 길 건널목에서는 어김없이 보행자 우선이며 거리도 깨끗하여 기초질서가 엄격하게 확립되어 있음을 피부로 느끼게 하는 곳, 더구나 바닷가의 도시로 이따금 내리는 스콜(소낙비)은 시가지를 깨끗이 씻어 주어 공기마저 맑게 해주니 천혜의 환경을 갖고 있는 도시로 기억되고 있다.

하지만 옥에 티라고나 할까. 여행 일정 중 짧은 시간에 길 건너면 있는 조호바르(말레이시아 령), 배를 타고 잠시 후면 도착할 수 있는 강 건너 바탐(인도네시아 령) 여행을 위한 출입국관리가 너무나도 번잡하고 대기 시간이 길어 다시는 찾고 싶지 않은 여행일정이기도 했다.

사진을 찍지 않겠다는 생각으로 카메라도 없이 출발해 여행 중 우연히 알게 된 J 씨, 나는 이분이 친절과 도움으로 싱가포르 명소의 기록을 모두 카메라에 담아 보내주어 언제나 볼 수 있게 되었으니 사진을 찍지 않겠다는 나의 생각은 어디론가 사라지고 말았다.

피시(PC)에 저장된 사진을 볼 때마다 "이때가 벌써 옛날이구나" 하는 추억과 함께 동행한 J 씨에 대한 감사의 뜻은 오랫동안 내 머릿속 기억에 남아 있을 것이다.

(2014년 8월 임우회보)

옛날이야기

옛날이야기다. 그러니까 내가 전주에서 고등학교를 다닐 때의 이야기이니 벌써 60여 년 전의 일로 거슬러 올라간다. 한 마리의 장닭에 관한 이야기인데 동물의 본능, 즉 종족보존의 본능에 관한 이야기이기도 하다.

당시 내가 하숙하고 있던 집은 시내의 변두리에 위치한 일자형 한옥으로 부엌에 붙어있는 첫째 방은 주인집 안방 그리고 방 2개는 나를 포함한 4명의 학생이 2명씩 하숙을 하고 있었다.

집 뒤편에는 넓은 과수원이 그리고 집 앞 텃밭 건너에는 정미소가 자리하고 있었는데 하숙집에서는 암탉 두 마리를 기르고 있는 반면 공교롭게도 정미소에서도 장닭 한 마리와 암탉 두 마리를 기르고 있었다. 얄미웠던 것은 정미소에서 기르는 장닭이었다. 이 장닭은 정미소에는 주워 먹을 것도 많고 암탉 두 마리가 있음에도 불구하고 매일같이 담을 넘어와 하숙집 암탉과 어울려 놀다가 하필이면 내 방 앞마루 여기저기에 똥을 싸 놓는 것이었다.

더구나 이 장닭은 정미소에서 많이 주워 먹어서인지 똥도 더 많이 싸는 듯했고 학교가 가까워 대부분 먼저 돌아오는 나는 언제나 이 닭똥을 치우는 것이 방과 후의 일과처럼 되어 여간 곤혹스럽지 않았던 것이다.

어느 날이었다. 학교에서 집에 돌아오니 여느 날과 다름없이 장닭은 색깔도 선명하고 윤기가 흐르는 붉고 고운 멋진(?) 자태를 뽐내며 여유 있는 모습으로 두 마리의 암탉을 거느리고 유유자적悠悠自適하고 있었고 모처럼 나보다 먼저 집에 돌아온 두 친구는 부지런히 닭똥을 치우고 있었다. 나는 닭똥을 다 치우고 난 친구들을 불러 작은 목소리로 이렇게 말했다.

"잠깐 이리 와봐. 우리 똥 많이 싸 놓는 저 장닭 잡아 영양보충이나 해버릴까?" 하자 한 친구가 흥미 있다는 듯 즉시 귀를 기울이며 말을 이어받았다. "그건 좋은데 닭을 어떻게 잡으려고? 소리를 지를 텐데…" 하며 다소 걱정스러운 듯한 표정으로 의문을 제기했다.

"내가 저 장닭을 방에 가두면 누가 소리 안 나게 잡을 수 없을까?" 하자 다른 한 친구가 말끝을 차고 나섰다. "그건 내게 맡겨, 내가 해본 경험이 있으니 문제없어. 닭은 목과 날개를 함께 꽉 잡으면 퍼득이지도 못하고 소리도 내지 못하는 거야" 하는 것이 아닌가?

이렇게 해서 영양보충의 작전계획은 끝이 났고 성공 여부는 오로지 소리 없이 닭을 잡는다는 이 친구의 손에 달린 셈이었다. 그러고 곧바로 작전에 돌입했다.

나는 안방 쌀독에서 쌀 한 주먹을 갖고 나와 마루에서부터 방 안까지 조금씩 흘려 놓고 방에는 다소 많은 양을 놓아 닭을 방 안으로 유인했으나 하숙집에서 기르는 암탉은 스스럼없이 마루에 흩어진 쌀을 주워 먹으며 방 안에 들어가 쌀을 쪼아 먹는데 장닭은 남의 집 환경에 익숙하지 못한 탓인지 아니면 정미소에서 항상 많이 먹어 배가 불러서인지 고개만 갸웃거릴 뿐 좀처럼 방에 들어가지 않았다.

하지만 두 차례의 시도 끝에 나는 세 마리의 닭을 모두 방 안으로 유인하여 가두는 데 성공하였고 그 뒤를 따라 우리도 함께 살며시 들어가 앞문을 닫고 뒷문을 열어 주인집 닭만을 내보낸 순간 장담했던 친구는 번개같이 장닭의 목과 날개를 일격에 졸라 버렸던 것이다. 작전은 완벽하게 성공한 것이었다.

그리고 우리는 장소를 내 방으로 옮겨 방문을 모두 담요로 가리고 부엌에서 들고 온 석유곤로(당시에는 석유곤로밖에 없었음)를 가지고 급하게 백숙을 만들어 소금 한 주먹으로 설익은 닭고기를 정신없이 먹어 치웠으며 잔재물은 신문지에 싸서 인근 과수원 언덕에 묻어버렸으니 모든 일은 감쪽같이 끝났던 것이다.

그 이후 친구들 사이에는 배가 아프다든가 몸이 이상이 있다는 말을 하면 “너 남의 장닭 잡아먹고 동티 났나

보다"고 농담을 하게 되었는데 내용도 모르는 다른 친구들 사이에도 이 말은 한동안 유행처럼 번져 나갔던 것이다. 의기양양하게 자태를 뽐내며 매일 같이 하숙집 암탉과 데이트를 즐기던 장닭, 한순간에 우리들의 영양보충으로 사라지고 말았으니 자기 집은 돌보지 아니하고 밖에 것만 탐하다가 화를 당한 셈이었다. 가계야치家鷄野雉란 말에 비유할 수 있을는지….

오늘날에도 좋은 교훈이 되지 않을까 생각해 보며 당시 어둠이 내릴 때까지 이곳저곳 사라진 장닭을 찾아다니며 아쉬워하던 정미소 아저씨는 세월이 흘러 지금은 저세상에 계시겠지만 그때 모습은 아직도 기억 속에 남아있으니 늦게나마 용서를 빌어보고 싶은 마음을 가져볼 뿐이다.

(2015년 9월 임우회보)

오는 봄 가는 봄

겨울이 가고 봄이 오는 것은 대자연의 법칙이지만 봄을 맞는 감정과 느낌은 개인의 생활여건이나 환경에 따라 다를 수 있을 것이다. 그러나 대다수의 사람들은 지루했던 영하의 추운 겨울을 하루빨리 벗어나 따뜻한 봄날이 되기를 기대하는데 이에 호응이라도 하듯 매스컴에서는 입춘과 설날을 지나 영하의 날씨가 지속되어도 꽃망울 사진과 함께 봄소식을 알리는 한편 방송 또한 어김없이 요한 스트라우스의 〈봄의 소리 왈츠〉 등 봄 노래를 들려주니 이는 아직도 오지 않은 봄다운 봄을 재촉하는 것으로 들리기도 하는 것이다.

내가 어렸을 때의 일이다. 설날이 지나도 강추위가 계속되면 어른들은 곧잘 "설을 거꾸로 쇠었나 보다"라는 말을 많이 하셨는데 아마도 2월 초가 절기상으로 입춘과 설날이 거의 함께 자리 잡고 있으니 설날이면 추위가 물러가고 "이제는 봄이 왔구나" 하는 생각을 머릿속에 먼저 떠올렸기 때문이었을 것이다. 하지만 추위는 그렇게 쉽게 물러나지 않는다. 추위가 쉽게 물러나지 않는 것이 아니라 봄이 그렇게 쉽게 오지 않는 것이다.

집에서는 음력 정월 보름이 지나면 어머니는 아버지께서 택일擇日해주신 날에 장을 담갔는데 장독대에 있는 커다란 항아리를 깨끗이 씻고 닦아서 정성스럽게 장을 담고 나면 추위는 다시 찾아왔다.

그러니까 담은 장은 대부분 3월 말 무렵까지 두었다가 달이게 되는데 장을 달이기 전에 또다시 강추위가 몰려오면 "3월에 장독 깬다"는 말 또한 자주 하셨던 것이다. 그야말로 춘래불사춘春來不似春인 것이었다.

그러다 보니 어린 시절 나는 3월 중순이 가까워질 무렵에야 봄다운 봄을 느끼게 되었다. 어머니가 장독에서

퍼온 장醬을 큰 가마솥에 채우고 장작불로 달이면 구수한 간장의 냄새는 이웃까지 퍼져나갔고 앞마당에 길게 늘어진 빨랫줄엔 언젠가 찾아온 제비 몇 마리가 날씬한 몸매를 가다듬으며 다정하게 즐거운 대화를 나누고 있을 때 헛간에 매달린 둥지에서는 암탉이 연신 "꼬꼬댁" 소리를 내며 마당으로 날아 내려오면 나는 기회를 놓칠세라 사다리를 타고 올라가 닭의 따뜻한 몸의 체온이 아직도 남아 있는 달걀을 꺼내 들고 어머니 곁으로 달려갔고 어머니는 웃음 띤 얼굴로 장을 달이는 솥에 달걀을 넣어 삶아 주셨는데 나는 달인 간장 한 종지를 냉수에 타서 마시며 먹을 수 있었던 계란의 구수한 맛은 간장의 맛과 함께 지금도 잊을 수 없는 새봄의 미각으로 입안에 남아 있는 것이다.

세월이 흐르면서 봄이 오는 소리도 모습도 많이 달라지고 있는 것 같다. 토색 짙은 장 달이는 냄새는 맛볼 수 없고 흥부에게 부자가 되기를 바라며 박씨를 물어다 주었다는 봄의 전령 제비의 모습도 시골의 일부 한적한 농촌마을을 제외하고는 거의 볼 수 없지만 이 땅에 오랜 세월 터 잡고 살아온 꿩(장끼)이 도심 주변의 눈 덮인 산야와 공원 등지에서 혹독한 추위를 견디며 인고忍苦의 겨울을 보내고 어둠이 가시지 않은 추운 새벽부터 종족보존을 위한 힘찬 러브콜을 시작하면 분명 봄을 부르는 소리로 들리는 것이다.

꿩뿐만이 아니다. 다른 새들도 봄이 오면 번식을 위하여 바빠지기 마련이지만 특히 사람이 거주하는 기와집이나 초가집 처마 밑 둥지에 복음자리를 틀고 살아 온 참새들은 지금은 시멘트 건물과 아파트 밀림 어느 곳에 둥지를 마련하고 살아가는지 오늘도 아파트 주변을 바쁘게 맴돌고 있으니 분명 봄은 새 생명을 탄생시키는 신비의 계절이라고 느껴지기도 하는 것이다.

잔설이 남아있는 산골짜기엔 얼어붙은 물이 녹아 졸졸 흘러내리고 대지엔 만물이 소생하는 생기가 솟아오르면 양지바른 산야의 한적한 자리에 외로운 듯 서 있는 한두 그루의 진달래와 개나리가 추위에 떨며 꽃망울을 부풀리는데 가장 먼저 피는 꽃을 찾아 화신花信을 전하고

자 경쟁적으로 카메라 초점이 맞춰졌던 산수유 꽃은 지금은 눈 속에서 피어난다는 복수초 꽃 등으로 그 순위가 저만큼 뒷전으로 밀려나고 눈서리를 머금고 피어난다는 매화도 공원이나 도심 곳곳에는 목련, 벚꽃 등과 함께 어느 꽃이 먼저라 할 수 없을 만큼 거의 동시에 피어나 온 세상을 꽃 천지로 만들어 내고 있으니 봄이 오는 질서도 기후 변화 탓인지 이렇게 변해가는 것 같다.

오지 않을 것만 같았던 봄은 이렇게 찬바람에 실려 달려오고…. 흐드러지게 피어난 꽃을 즐기려는 많은 상춘객이 파도처럼 밀려와 휩쓸고 지나간 자리에 꽃잎이 힘없이 날리기 시작하면 화무십일홍花無十日紅이란 자연의 순리 속에 어느덧 꿩의 러브콜도 새들의 세레나데도 잦아들고 신록과 함께 먼 산의 뻐꾹새 소리가 애처롭게 들려올 때면 봄은 이미 저만큼 떠나버린 것이다.

(2017년 4월 임우회보)

80에 추억 만들기

"야야야 내 나이가 어때서 / 사랑에 나이가 있나요 … 사랑하기 딱 좋은 나인데"

이는 요즘 나이가 많은 분들이 주로 부른다는 〈내 나이가 어때서〉라는 노래이다. 우리나라가 장수국가에 접어들면서 요즈음 백 세 세대를 살아간다는 노년층이 증가하다 보니 활기차고 건강하고 당당하게 살아가야 한다는 뜻을 담은 노래라고 생각하고 있다.

4~50년 전만 해도 환갑을 지난 나이가 되면 무기력하게 집안에서 아이나 돌보며 살다가 병고가 생기면 그저

세상을 등져버리던 시대와 비교하면 엄청난 변화라고 할 수 있을 것 같다. 더구나 요즘 "나이는 숫자에 불과하다"는 말까지 많은 사람들에 의해 회자膾炙되고 있지 않은가?

이러한 세태의 흐름에서라고나 할까? 나이가 더해 갈수록 내 곁을 떠나는 친구들도 점점 늘어만 가고 가정이나 사회에서의 역할 분담도 좁아지고 있으니 자립형 자기관리의 일환으로 젊은이 못지않은 추억 만들기에 나서보기로 생각한 것이 동유럽 3개국(오스트리아, 체코, 헝가리) 7박 9일의 여행 일정이다.

웬만하면 자유여행을 생각도 해 봤지만 역시 나이에 어울리지 않을 것 같아서 일정상 다소 여유로움이 있다고 생각되는 패키지여행 상품을 택하여 4월 3일(2014년) 비엔나를 향하여 출발했다.

비엔나는 유럽에서 가장 아름다운 도시로 손꼽히는 곳이기도 하지만 음악과 예술의 도시로서 언제나 내가 즐겨듣는 명곡, 특히 왈츠 곡 등을 배경으로 그 음악가의 발자취와 숨결을 느껴 볼 수 있을 것이고 체코의 수도 프라하는 1992년에 유네스코 세계문화과학유산으로 지정된 중세의 향기가 배어 있는 역사적 중심도시다. 그리고 헝가리는 많은 국민이 맨주먹으로 피를 흘리며 민주화를 쟁취한 나라일 뿐만 아니라 부다페스트의 다뉴브강(도나우강)은 아름다운 강으로 널리 알려져 있으며 특히 그 야경은 세계적으로 손꼽히는 곳이어서 어느 곳 하나 소홀히 지나칠 수 없는 좋은 추억으로 기억될 것이라 생각했다.

다뉴브강 하면 나는 언제나 먼저 떠오르는 것이 요한 스트라우스 2세의(1825-1899) 왈츠 곡 〈아름답고 푸른 도나우 강〉이다. 작곡가가 이 곡을 작곡한 때로부터 많은 세월이 흘렀지만 그 당시에는 얼마나 아름다웠으면 그렇게 감미로운 선율로 잔잔히 물결치듯 아름답게 묘사했을까?

다뉴브강에서 야경을 관광하기 위해 배에 오르니 어김없이 〈아름답고 푸른 도나우 강〉이 흘러나왔고 강변 양쪽에는 국회의사당을 중심으로 날씨에 따라 그 조명이 변한다는 화려하고 환상적인 야경이 펼쳐지는 동안

“이곳 야경은 유네스코에서 지정한 곳이어서 전력비용電力費用을 지원받는다”는 안내자의 멘트도 함께 흘러나왔다.

여행이 많은 것을 눈으로 보고 가슴으로 느끼며 촉감으로 즐길 수 있는 것이라면 미각과 감미로운 음악으로 즐기는 흥겨운 자리 또한 빼놓을 수 없을 것이다. 우리 일행은 이를 위하여 햇포도로 담근 포도주를 곁들여 요리를 제공한다는 비엔나 근교의 ‘호이리게’ 전통식 레스토랑을 찾았다.

규모가 그리 크지도 않고 실내도 화려하게 장식하지 않았지만 동행한 안내원은 벽에 걸려있는 사진을 가리키며 얼마 전 대한민국의 정부 요인이 오셨을 때도 이곳에서 식사를 한 적이 있다며 은근히 그 명성과 함께 좋은 곳으로 안내했음을 자랑했다.

각 식탁에는 와인이 한 잔씩 곁들여져 있고 푸짐하고 색다른 맛의 토속 요리를 즐기며 화기애애한 분위기가 익어갈 무렵 약간의 도움을 받고자 아코디언과 바이올

린으로 한 조가 된 일행이 각 테이블을 돌며 〈아리랑〉과 〈만남〉 등 우리 노래를 연주하여 잠시나마 숙연한 마음으로 향수를 달래주었는데 이들이 우리 테이블에 와 연주를 하고자 섰을 때 나는 분위기 반전을 위하여 즉흥적으로 요한 슈트라우스 1세(1804-1849)의 〈라데츠키 행진곡(Radetzky march)〉을 요청하였다.

연주를 시작하자 나는 유명한 오케스트라의 지휘자가 된 것처럼 지휘를 하였고 일행들은 그 모습을 카메라에 담기에 바빴으며 연주가 끝난 후에는 환성과 박수갈채가 쏟아져 나왔다. 특히 일행들은 연주를 요청한 영어 발음이 너무나도 유창하다며 "멋쟁이세요"를 연발하는 등 많은 찬사를 보내 주었는데 내가 영어를 잘해서라기보다는 나이가 많은 사람이 지금도 그렇게 할 수 있다는 것이 대단하다는 뜻의 칭찬이라고 생각했다.

비록 우리 일행 모두가 여행 일정을 위해 만난 사이의 동행자였지만 격의 없이 친숙하게 함께 즐기는 흥겨운 자리가 되었다. 이 여행 일정에서 내가 가장 큰 관심과 기대를 가졌던 것은 이곳에서 태어난 음악가의 생가

등을 찾아 그들의 생애와 발자취를 직접 보며 그 체취를 느껴 보고 싶은 것이었지만 모처럼 찾은 잘츠부르크(Satzburg)에 있는 모차르트의 생가는 그날따라 내부를 공개하지 않아 밖에서 건물만 보고 돌아서야 했으니 패키지여행의 한계라고 생각하며 아쉬움을 달래야 했다.

이어서 흩어져 있는 베토벤, 슈베르트, 요한 스트라우스, 브람스 등의 유해를 한곳에 모아 안장했다는 '빈 중앙묘지(Zentralfriefhof)'를 찾아 묘비 등을 살펴보며 비록 지금은 이곳에 말없이 잠들고 있으나 그들이 남기고 간 수많은 명곡들은 시간을 넘어 많은 세계인들에게 영원히 애창되고 애청될 것이라는 생각을 해 보았다.

편도 약 11시간의 비행 그리고 젊은 일행들에게 누가 되는 일이 없도록 하겠다는 일념으로 언제나 약속시간 전에 도착하여 기다리며 매일같이 안내자의 앞에 서서 눈과 귀를 놓치지 않고 쫓아다녔으니 '80에 추억 만들기'는 이곳에 있는 영화 〈The sound of music〉의 촬영지라는 미라벨 정원(Mrabellgarten)만큼이나 아름답게 고운 수를 놓았으니 버스 안에서 들려준 포근하고 감미로운 영화

속 〈에델바이스(Edelweiss)〉 노래의 여운을 뒤로하고 귀국 비행기에 몸을 실었다.

(2014년 산림문학 가을호)

잊어버린 계절

나는 가족들의 근심 어린 얼굴을 뒤로하고 환자복 차림으로 아침 일찍 이동식 침대에 누워 수술실로 밀려가고 있었다. 계절적으로 보면 가을이 깊어가는 11월 1일이었으니 실내에서도 추위를 느낄 수 있는 때이기도 하지만 수술을 받아야 하는 위압감 그리고 근심, 초조, 불안이 겹쳐서인지 몸은 더욱 떨리기 시작했고 수술실 문을 열고 들어가니 기온은 더 낮아 한겨울에 발가벗은 몸으로 누워 있는 것처럼 느껴졌다.

사면이 흰색 벽으로 가려있는 수술실 중앙에는 복잡하게 얽혀있는 의료장비가 자리하고 천정에서 쏘아대는 밝은 불빛은 그 위에 포커스가 맞춰져 있었다. 그 장비를 중심으로 파란색 수술복을 입고 깊게 마스크를 드리운 의료진이 바쁘게 움직이는데 하얀 수녀복 차림의 한 수녀가 따듯하게 데운 두세 겹의 시트를 들고 와 떨고 있는 나의 몸을 덮어주며 "춥지요? 걱정하지 말고 안심하시고 마음을 편하게 가지세요" 하며 나를 위로하고 돌아가 몸도 마음도 따뜻해졌을 무렵 의사 한 분이 나에게 다가왔다. 그리고 이어 입을 좀 벌려보라고 하더니 알 수 없는 약품을 뿌리고 돌아간 것이다.

"zzzzzzz ??? …………"

눈 떠 보니 회복실이다. 팔과 배에는 주사약 등이 체내로 흘러 들어가는 수액 줄 몇 가닥이 걸려있고 부인과 딸 그리고 사위와 면회할 때에는 의식이 회복되어 그 얼굴에서 안도의 표정을 읽을 수 있었는데 첫 마디가 "의사 선생님이 수술은 아주 잘 됐대요" 하는 말이었으나 나는 입술이 어둔하고 떨려 한동안 말 한마디 할 수 없었다. 그러니까 아침 7시에 병실을 떠나 수술실에 들어가 11시경 의식을 찾고 회복실에 나왔으니 수술 받는 시간이 약 서너 시간이 걸렸는데 가족들은 그 기나긴 시간을 초조와 긴장 속에서 보냈을 것이며 나 또한 죽지 않고 살아있구나 하는 의식을 찾게 되었던 것이다.

2016년의 여름은 길고 무더웠다. 비도 오지 않고 연일 35~6도를 오르내리고 많은 사람들은 피서지로 몰려 산과 바다 등이 인파로 북적인다는데 세월에 떠밀려 아무 곳이나 끼어들 수 없다고 생각한 나는 아침 일찍 친구와 함께 영화관을 찾아 영화 한 편을 보고 그래도 비교적 시원한 백화점에서 점심식사를 한 후 차 한 잔을 탁자 위에 올려놓고 노닥거리다 해가 질 무렵 집으로 돌아오면 나에게는 더 이상 좋은 피서지는 없는 듯했다. 하지만 집에 돌아오면 옷은 다시 땀에 젖어 이내 샤워를 해야 하는 무덥고 지루한 긴 여름….

어느 날 집에 돌아오는 길가엔 어둠이 깔리고 잠에서 깨어난 듯 가로등이 하나둘 깜박이기 시작하는데 아직도 열기를 뿜어내는 가로공원 나무 밑 풀숲에서 한 가닥

들려오는 귀뚜라미 소리는 나에게는 더 없는 반가운 소식으로 들려왔다. 계절이 바뀌고 있다는 신호인 것이다.

생각해 보면 이놈들은 신기할 정도로 매년 7월을 넘어서면 어김없이 풀벌레와 함께 합창을 시작하고 가을로 접어드는 8월의 문턱을 넘어서면 서로의 노래 솜씨를 자랑이라도 하듯 경창競唱을 벌이는데 때를 놓칠세라 나는 더위를 핑계로 미루어 왔던 건강검진을 받기 위해 서둘러 여의도에 있는 S병원에 예약을 했다. 차일피일 미루다 보면 연말에는 많은 사람들로 붐빌 것이 예상되어 앞당겨 검사를 받기로 한 것이다.

그리고 검진을 받고 수일이 지난 어느 날 병원에서 재검을 받으라는 전화가 걸려왔다. 예감이 좋지 않았다. 그동안 검진을 받으면 서면으로 결과를 통보해 왔는데 전화를 통하여 급히 재검을 받으라는 내용이기 때문이었다. 마음은 다소 초조한 느낌이지만 특별한 일은 없겠지 하는 안이한 생각으로 재검을 받고 의사 선생님과 상담한 결과는 위胃에 조그마한 점막(종양의 초기)이 생겼으니 서둘러 제거 수술을 받아야 한다는 것이었다.

불과 2년 전 검진을 받았을 때에도 약간의 위염이 있다는 소견은 있었으나 재검을 받아야 한다는 소견은 없었기 때문에 뜻밖의 일이었다. 나름대로 운동도 열심히 하고 건강관리도 잘하고 있어 건강에 대하여는 어느 정도 자신감이 있었는데….

나는 의사 선생님과 상담을 하며 "수술을 안 하면 얼마를 살 수 있고 수술을 하면 얼마를 더 살 수 있습니까?"라고 당돌하게 질문했다. 나의 이 질문은 한편으로는 아직도 건강에 대한 자신감이(혹시 오진은 아닐까 하는) 깔려있었고 또 한편으로는 수술과 수술 후의 고통에 대한 두려움이 머릿속을 짓누르고 있었기 때문이었다.

의사 선생님은 어르신은 건강상태가 아직도 젊은 사람 못지않으니 복강경 수술을 받고 병원에서 약 1주일간 치료를 받은 후 퇴원하여 잘 관리를 하면 바로 회복되어 문제가 없을 것이라는 의견이어서 나는 의사 선생님의 의견에 따라 입원을 하여 수술을 받기로 결심하고 돌아왔다. 그런데 공교롭게도 내가 수술을 받기 위해 입원하는 날 설상가상으로 뜻밖에도 아내는 무릎의 인대가 문제가 되어 한 발도 움직일 수 없게 되자 함께 입원을 하였으니 이것이 나에게는 처음 겪어 보는 큰 시련이라고 느껴졌던 것이다.

수술을 받고 24시간 잠들지 않는 천사들의 손길에 생명을 의지하며 수액주사의 줄을 몸에 걸치고 고통과 불편을 감내하며 3일간의 금식禁食기간을 지나고 나니 우유같이 맑은 죽 반 공기가 아침 식사로 제공되었고 회진 중인 담당 의사 선생님은 빠른 회복을 위해 걷는 운동을 시작하라고 조언하여 수액주사 지지대를 이끌고 나를 도와주는 아주머니(간병인)와 함께 열심히 병원 복도를 누비고 다니기 시작했다.

창밖에 내려다보이는 가로수는 어느덧 곱게 물들었던 노란 잎을 바람에 날리며 나목裸木으로 변해 가고 아름다운 볼거리와 먹거리를 즐기며 한 쪽의 책이라도 넘겨보려던 작은 소망의 계절은 나를 병상에 매어놓고 어디론가 이렇게 떠나가고 있었다.

더욱 아쉬운 것은 많은 세월이 흘러간 탓인지 정겨운 인연因緣의 흔적마저 사라져 지난날의 삶을 뒤돌아보게 하는 기나긴 가을밤, 바람에 날리는 희미한 낙엽 소리는 끊임 없이 이어지고 웃음소리란 찾을 수 없는 병실은 가족(환자)의 건강을 기원하는 보호자들의 따듯한 손길만이 조용히 이어져 가는데 앞 침대에 자리한 한 노老 환자는 친구인 듯한 사람들이 한두 차례 다녀가고 이어 서너 명의 젊은 여성들이 꽃을 들고 찾아와 쾌유를 빌며 돌아가자 자부子婦가 그의 친구들과 함께 문병을 다녀갔다며 자랑스러운 듯 말을 전해와 흔치 않은 현실의 세태를 비춰보며 많은 것을 생각게 하였다.

병실의 침대에서 고통과 괴로움을 참아가며 빠른 회복을 염원하는 환자들의 어려움은 모두가 한결같지만 나 혼자만이 겪어야 했던 것과 같은 고통과 괴로움의 기나긴 시간이 흘러 10여 일이 지나 생명을 부지하고 병원을 나서는 날 마음속으로나마 많은 환자들의 빠른 쾌유를 빌며 그동안 수고해 주신 의료진에 감사의 인사를 남기고 병실 문을 나서는 날 진료실 앞에는 세태를 반영이라도 하듯 "정성껏 치료하며 따뜻한 마음만 받겠습니다"
라는 표어가 눈에 들어왔다.

(2017년 12월)

졸업 없는 대학

내가 천주교 신자랍시고 성당에 발길을 들인 지 어림잡아 30여 년이 지난 것 같다. 천주교에 입교하여 신자가 된다는 것은 하나님을 믿는다는 뜻도 중요하겠지만 나름 성경에 따라 바르게 살아 보겠다는 뜻이 더 컸다고 할 수 있을 것이다.

하지만 이를 얼마나 실천했는지 생각해보면 쉽게 답하기는 어렵고 한 주일을 보내는 주일미사에 참석하여 반성하고 뉘우치며 신부님 강론에서 짧은 성경지식 한 토막이라도 머릿속에 담아 오면 큰 수확이라고 생각하고 오늘에 이르고 있다.

이러한 평범한 신자 생활도 나이가 더해 가며 변해가는 것 같다. 젊은 시절엔 봉사단체 등에 참여하여 활동도 하고 성당 내 행사에 적극적으로 참여하기도 하였으나 지금은 나이에 밀리면서 자연스럽게 한 발짝씩 뒤로 물러서게 된 것이다. 특히 법적으로 노인이 되는 65세를 넘기면서부터는 당시 국가에서 매월 지급되는 3만여 원의 노령연금 등에 더하여 몇 곳의 어려운 시설에 매달 작은 후원금을 보내주는 것 이외에는 이렇다 할 활동은 거의 없게 되었다.

2002년 2월 어느 날 주일미사 때의 일이다.

주보를 통하여 '천주교 서울대교구 노인대학연합회'에서 주관하는 '천주교 노인대학 봉사자 양성과정 교육생'을 모집한다는 공지사항이 눈에 들어와 서둘러 명동성당 대교구에 있는 노인사목국을 찾아 등록을 하고, 2002년 2월 25일에서 26일 양일간에 걸쳐 '봉사자 양성과정 1단계' 교육을 마친 후 성당에서 운영하는 노인대학에 관심을 기울이기 시작했다. 당시만 해도 '노인대학 봉사자'가 어떤 역할을 하는지 알 수 없었으나 나도 노인이 되었으니 노인대학에서 봉사활동을 해보고 싶은 생각에서였다.

그동안 매주 미사에 참여하면서도 성당 내에 부설 노인대학을 운영하고 있다는 사실조차 까마득히 모르고 있던 나는 2004년 가을학기가 시작된 어느 날 본당 노인대학 총무부장(여성)을 찾아 봉사활동에 관하여 문의한 바 지금 봉사활동을 하고 있는 교우들은 대부분 연령이 50대 또는 그 이하여서 형제님과 같은 경우 마땅히 할 일이 없을 것 같다는 것이었다.

이에 체념諦念하고 돌아서려는데 총무부장이 내 손을 잡으며 기왕에 오셨으니 노인대학에 등록이나 하고 가시라는 권유를 하여 나는 노인대학 학생이 된 것이다.

그러니까 노인대학에서 봉사활동을 해보겠다고 찾아간 것이 봉사자가 아닌 노인대학 학생이 되었고 가끔은 대강代講요청을 받으면 노인들의 상호 관심사와 공유할 수 있는 정보 등을 함께 나누는 시간을 갖게 되었으니 학생 겸 봉사자의 역할도 하게 되었다.

성당(천주교)에서 운영하는 노인대학은 대부분 매주 목요일 주 1일 교육이 있고 여름과 겨울에는 방학도 있으나 승급이나 졸업은 없는 대학이다. 졸업을 하고 싶으면 시기와 관계없이 스스로 졸업(?)을 하는 대학인데 내가 입교한 노인대학은 입학 시부터 함께한 급우級友들이 100여 명, 그중 나를 포함한 남학생 5, 6명을 제외하면 전부 여학생으로 10여 년이 지나도록 지금까지 신입생은 거의 없는 상태여서 주름살이 깊어가는 고령학년高齡學年이 되었지만 방학 기간과 춘추春秋로는 성지순례 겸 관광도 정기적으로 다녀온다.

산과 들엔 꽃이 흐드러지게 피어난 화사한 봄날, 내가 노인대학에 몸을 담고 처음 맞는 1박 2일의 성지순례 겸 관광을 함께 떠나게 되었는데 학창시절 소풍 갈 때만큼이나 마음을 설레게 하였다.

그도 그럴 것이 나이가 많은 노인대학의 학생(?)이지만 학생이란 이름(신분)으로 단체여행을 하고 더구나 신자로서는 처음 참여하는 성지순례이기 때문이었다.

그러다 보니 나는 관광보다 성지순례에 더 많은 관심을 갖게 되어 사전에 순례지에 대한 자료를 수집 정리하여 일행에게 배부하여 참고토록 하였고 학장과 총무부장 등 봉사자들은 출발 수일 전부터 준비를 하느라 분주했다.

특히 노인대학의 노老 학생들에 각별한 애정과 관심을 기울였던 B 신부님은 학생들의 건강과 안전문제에 세심한 신경을 쓰시고 출발 당일에는 버스에 올라 무사히 잘 다녀오기를 바라는 기도를 해 주셨는데 기도를 마치고 차에서 내려 손을 흔들자 2대의 버스는 목적지를 향해 서서히 움직이기 시작하였다.

버스가 성당 문을 빠져나와 빨간 신호등을 헤집고 지루한 시내를 벗어나 속도를 높이기 시작할 무렵 주변을 관망해 볼 겨를도 없이 차 안에서는 합동으로 기도를 시작해 다소 실망스러운 감이 없진 않았으나, 신자들끼리 하는 관광이라는 점을 감안해 이내 동참하게 되었는데 노학생들이 엄숙한 분위기 속에서 드리는 '묵주의 기도'는 젊은이들 못지않게 힘차고 경건하여 특별한 느낌을 주었다. 특히 성지순례에서는 우리의 선조들이 모진 박해와 목숨을 바쳐 신앙을 지켜온 사실을 상기하며 새삼 오늘 우리의 안일한 신앙생활을 반성해보는 기회를 갖게 된 것은 큰 수확이라고 생각되었다.

우리 노인대학의 학사學事 일정은 오전의 통합교육 시간에는 성경 강좌, 건강관리, 영화 감상, 레크리에이션 등, 연중 큰 변화 없이 지속되었으나 근래에 다소의 변화가 생겼다. 오전에 통합교육을 마치면 오후에는 남학생만을 대상으로 하는 별도의 반班을 편성하여 혼자서라도 스스로 식사를 해결할 수 있는 능력을 배양한다는 목적으로 요리 실습시간을 마련한 것이다.

그리고 처음으로 맞는 요리실습 시간에 담당 봉사자(우리는 담당 교수님이라고 불렀다)는 노학생들을 위해 각자의 이름까지 새겨 마련한 앞치마를 입고 취사대에 모이도록 한 후 레시피에 따른 설명과 주방 도구의 사용법, 재료의 손질, 그리고 조미료 등의 사용을 소상하게 설명한 후 실습에 들어갔는데 조리한 음식은 그 맛이 일품이어서 우리는 그 음식과 함께 소주잔을 기울이며 상호 간의 이해와 친교를 두텁게 하는 값진 시간을 갖기도 한 것이다.

그동안 요리실습에 참여해오면서 느낀 것은 훌륭한 음식의 조리는 노하우도 중요하겠지만 많은 정성을 들여야 한다는 것이었다. 또한 실습으로 익힌 실력을 통해 혼자서라도 식사를 해결할 수 있는 능력을 갖게 되었으니 바쁜 가사에도 불구하고 언제나 친절하고 다정한 모습으로 수고를 해주신 B 강사님과 C 강사(봉사자)님께 감사하며 지금까지 그 뜻을 함께하는 시간을 갖지 못하고 있는 것은 아쉬움으로 남아 있다.

생각하면 2004년 내가 노인대학에 입교하여 많은 세월이 흐르는 동안 보람과 아쉬움을 함께해 온 급우들의 변한 모습을 보면 안타까운 느낌을 갖게 되고 내 모습 또한 변하여 보기 좋은 모습은 아니라고 생각되니 변하는 모습과 세대의 흐름 때문인지 학사 운영의 형태도 형식화하는 경향이어서 학생과 봉사자 간의 정감도 엷아지는 것 같다.

나이 탓이라고나 할까? B 신부님의 "1주일에 한 번 어르신들에게 따뜻한 점심 한 끼만이라도 잘 대접해드리고 싶다"는 정담과 함께 식사를 준비하는 봉사자도 운영을 위한 교우들의 후원도 답지하던 때를 떠올려 보며 아쉬운 마음을 뒤로하고 이제는 스스로 노인대학을 졸업할 때가 된 것 같다.

(2017년 12월 임우회보)

3부

주판 珠板

주판珠板 하면 지금의 젊은 세대는 무엇인지 모르는 사람도 있을 것이다. 하지만 주판은 1960년대 초 기계식에 이어 전자식 계산기가 나오기 전까지는 손가락으로 주판알을 움직여 셈을 하는 유일한 계산기였다.

옛날 내가 국민학교(초등학교)에 다닐 때에는 2학년 때부터 주판을 이용해 계산(셈)을 하는 공부를 시작했는데, 수학(산수算數) 시간이 되면 흑판 위에 커다란 주판을 올려놓고 공부를 하였고 어느 정도 익힌 다음에는 주판으로 셈을 하여 속도와 정답을 체크하는 시험을 보기도 했다.

그러다 보니 등하굣길 책보자기에는 항상 주판이 매달려 있어 비가 내리는 날 우산도 없이 시골길을 뛰기 시작하면 주판알의 잘그락거리는 소리는 제법 박자를 맞추어주는 듯하기도 했다. 이러한 주판은 위에 5자리 숫자를 뜻하는 한 개의 알과 그 밑엔 5개의 알 또는 4개의 알로 구성되어 있으나 주판의 크기는 사용하는 사람에 따라 달랐다.

지금 기억에 남는 것은 시골의 큰 점방(지금의 가게) 주인은 대부분 작은 상자처럼 비교적 크게 만든 주판을 사용했고 사무실이나 학교 등지에서는 옆이 길고 폭이 작은 주판을 사용했으며 모든 은행 등 사무실에서는 이 주판을 이용하여 업무를 처리하였다.

내가 초등학교에 입학하기 전 일이다. 사랑채에 있는 아버지 방 한쪽에는 작은 책상이 놓여있었고 그 책상 위에는 언제나 아버지가 사용하시는 먹과 벼루가 있었으며 필통에는 붓이 꽂혀 있었고 뒷면에 얇은 판자를 붙여 상자처럼 만들어진 비교적 큰 주판이 창호지로 맨 공책과 함께 자리를 차지하고 있었다. 나는 동네 아이들이 놀러 오면 주로 이 방에서 함께 카드놀이도 하고 주판을 이용하여 목적지까지 정확하게 밀어 보내는 게임도 하였으며 때로는 주판을 엎어놓고 스케이트처럼 그 위에 올라탄 후 서로 밀어주기도 하였다.

그런데 문제가 생겼다. 아버지는 가을이 되면 겨울을 대비하기 위하여 모든 방을 창호지(한지)로 새로이 깨끗하게 도배하고 방문도 떼어 내 씻고 닦아서 창문을 발랐는데 장판은 그 공정이 보통이 아니었다.

지금이야 장판지가 종류도 많고 질이 좋아서 쉽게 선택하고 구입하여 이용할 수 있지만 당시는 별도로 제조된 장판지가 없어 창호지를 몇 겹 바르고 건조 후에는 그 위에 콩기름을 바른 다음 솔잎을 따서 깔고 2~3일 후에 걷어내면 노란색을 내는 훌륭한 장판이 되었는데 바로 이것이 당시 우리 집 도배와 장판을 책임지는 도배사의 기법으로 이루어지는 장판이었다.

그런데 어느 날 나는 동네 친구 아이들이 놀러와 별다른 생각 없이 그날도 주판을 엎어놓고 타고 놀았다. 큰 실수였다. 바로 알게 되었지만 깨끗하게 새로 발라진 장판은 흠집투성이가 되어 있었던 것이다. 어떻게 할 것인가? 대책은 무대책이고 아버지로부터 야단맞는 일만 남아 있어 가슴 조였지만 나의 능력으로 이를 원상 복구한다는 것은 불가능한 것이었다.

그날 오후 늦게 일을 보시고 돌아오신 아버지께서는 이내 이를 발견하시고 나를 부르시어 떨리는 마음을 억제하며 방에 들어서니 이미 큰 회초리를 들고 계셨고 아무 말씀도 없이 종아리를 걷어대라는 것이어서 옷을 걷어 올리자 회초리는 전광석화電光石火같이 찰싹찰싹 나의 종아리에 사정없이 달라붙었다.

"아버지 잘못했어요, 한 번만 용서해주세요" 하는 소리가 나도 모르게 무의식적으로 몇 번이고 튀어나왔지만 소용없었다. 그리고 나는 눈물을 흘리며 집 밖으로 쫓겨났으나 갈 곳은 없었다. 어둠이 내리기 시작하고 초가을의 밤공기는 차가워지는데 대문도 굳게 잠기고 동네 사람들이 사랑방을 출입하기 위해 이용하는 중문도 일찍 잠기고 말았다.

아버지는 얼마나 화가 나셨는지 온 식구에게도 나를

찾지 말라는 엄명을 내리시어 아무도 대문을 열고 나를 찾아주는 가족은 없었다. 체념하고 소맷자락으로 눈물을 훔치며 이 골목 저 골목 밤새울 헛간을 찾는데 어머니가 나를 찾아 나섰고 나는 한 골목길에서 어머니를 만나 울면서 품에 안겨 집으로 돌아와 헛간에서 밤을 새우는 고아 신세는 면하게 되었던 것이다.

어느 해 봄 나는 부모님의 기일忌日을 맞아 성묘를 위해 고향에서 살고 계시는 용담龍潭의 형님댁을 찾았으나 고향은 이미 옛날의 평화스럽고 정겨운 고향은 아니었다. 마을 지붕 위로는 곳곳에 교각橋脚이 높이 솟아올랐고 산 중턱에는 군데군데 중장비가 굉음을 내며 새로운 도로를 개설하느라 분주했으며 동네 사람 중에는 이미 이주를 한 집도 있었다. 그러니까 1992년 11월 용담댐 공사가 착수되어 준공단계(준공 2001.10.13)에 이르렀으니 마을은 이미 폐허화되고 있었다.

나는 아버지가 쓰시던 방을 둘러보니 이용하는 사람이 없어 먼지만 쌓여 있고 방 한쪽에는 옛날과 다름없이 책상과 함께 아버지가 쓰시던 주판만이 덩그러니 놓여 있었다. 상황으로 보아 벼루나 붓 등은 이미 어디론가 사라지고 책상과 주판도 머지않아 쓰레기로 버려질 것 같아 주판은 먼지를 털고 깨끗이 닦아 가방에 넣어 가지고 돌아와 수차례에 걸쳐 이사를 하고 살면서도 지금까지 간직하고 있었다.

생각하면 아버지가 젊으셨던 시절 일제강점기의 어려운 여건 속에서도 산간 농촌에서 농사를 하시며 한 가정을 꾸리시고 7남매를 길러 내는 데 필수품으로 사용하셨던 손때 묻은 계산기인 주판이며 나는 밑을 터놓은 바지와 옷고름을 가슴에 돌려 매는 무명옷을 입고 동네 아이들과 철없이 새 장판 위를 타고 놀다 흠집을 내어 아버지에게 매를 맞고 울며 집에서 쫓겨났던 그 주판인 것이다.

얼마 전 나는 집 안을 정리하다 문갑에서 꺼낸 이 주판을 생각 끝에 한 수집가에게 넘겨주었다. 아쉬운 마음을 억제할 길 없으나 머지않아 내가 관리 능력이 떨어지면 쓸모없는 물건으로 다시 쓰레기통으로 밀려날지 모른다는 생각에서였다. 먼 훗날 어느 박물관이나 전시관에서 한 곳 자리를 차지하고 사료史料나 교육용 자료로 많은 사람들의 눈길을 받으며 살아 숨쉬기를 기대하고 희망하며….

(2018년 7월 임우회보)

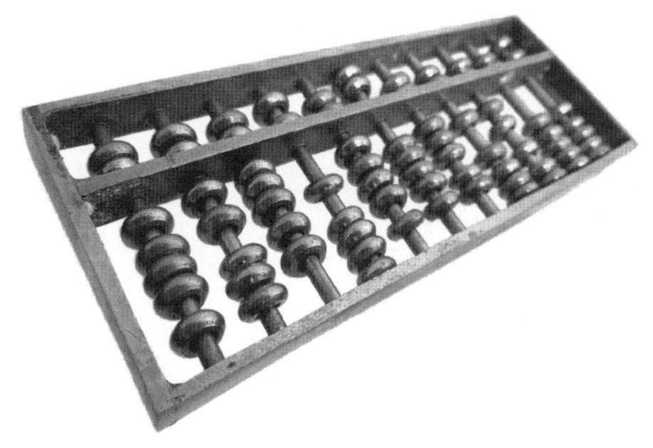

지팡이

내가 초등학교에 다닐 때(일제 강점기)의 일이다. 학교를 마치고 친구들과 함께 나오면 손잡이가 'ㄱ'자형으로 된 짙은 자색의 반질반질한 지팡이를 들고 시골의 시장통을 바쁘게 왔다 갔다 하는 아저씨가 있었다. 이 아저씨는 머리에 중절모를 쓰고 옆구리에는 검은색 얇은 가방을 끼고 다녔는데 무엇을 하는지 알 수 없었으나 학교를 마치고 나오면 거의 매일 만나게 되었다.

우리들이 이 아저씨에게 관심을 갖게 된 것은 옷차림새 등이 시골의 보통 사람과 달리 일본 군복 비슷한 복장을 하였고 특히 갖고 다니는 지팡이를 앞뒤로 흔들며 가끔은 한 바퀴씩 휘돌리는 것을 보면 다리가 아프거나 몸이 불편해서 의지하려는 것이 아니고 멋을 내거나 아니면 다른 목적으로 갖고 다니는 것 같았는데 언제나 시장통을 분주하게 왔다 갔다 하니 우리는 '왔다 갔다 허일성'이라는 별명을 붙여주었고 이 아저씨를 만나게 되면 먼저 보는 사람이 "왔다 갔다 허일성이다!" 하고 외치면 모두가 함께 아저씨의 뒤를 따라다니며 공연히 시시덕거리며 웃곤 했다.

지금은 멋을 부리거나 소위 폼 잡기 위해 지팡이를 갖고 다니는 사람은 없겠지만 아마도 당시 이 아저씨는 자기의 위엄이나 권위를 내세우기 위하여 지팡이를 갖고 다닌 게 아닌가 하는 생각을 해 보는 것이다.

왜냐하면 일제강점기 때 우리 고장의 면장님도 겉으로 보기엔 신체적 이상이 없는 것 같았지만 언제나 지팡이를 들고 다녔기 때문이다. 생각해보면 권위와 위엄의 상징인 지팡이는 가톨릭 교회 고위 성직자인 주교의 지팡이를 들 수 있을 것 같다. 이 지팡이는 교구 주교가 성당에서 주교 대례 미사를 집전할 때 사용하는데 근원적으로 목자의 사명 즉 양 떼를 몰고 다니는 목동들의 지팡이 또는 양 떼를 인도하는 막대기에서 유래된 것이라 하며(가톨릭 교리사전) 불교의 스님이 사용하는 지팡이는 불법의 진리 전체를 표현하는 것으로 불법佛法을 항상 실천하고 있다는 의미이기도 하지만(Naver 지식 iN) 사찰이 깊은 산속에 있다 보니 길을 걸을 때 맹수 등으로부터 신변보호의 목적이 있었던 것 같다.

이러한 특별한 목적 이외에 요즘 일반적으로 많이 이용하는 지팡이는 산행 시 안전을 위하여 사용하는 것과 허리나 다리 등 몸이 불편하여 보행 시 사용하는 것 등을 들 수 있다.

이 중에서도 시각장애인이 갖고 다니는 지팡이는 보통의 지팡이와는 달리 법적 보호를 받는 것으로서 한때 경찰관서에서 '시민의 지팡이 민주경찰'이라고 쓴 표어는 바로 이러한 국민 개개인의 생명과 안전을 보장하고 인도하는 경찰을 상징적으로 표방한 것이라고 할 수 있을 것이다.

그러니까 지난 2014년 가을이다. 대학 동문들과 함께 관광길에 나섰는데 현지에서 발목의 통증으로 다리를 절며 트레킹코스를 천천히 걷고 있는 나에게 S 친구가 다가왔다. 산에서도 언제나 앞장서서 다니던 내가 제대로 걷지를 못하니 궁금하게 생각해서였던 것이다.

S 친구와 나는 함께 걸으며 나의 병세에 대해 묻기도 하고 의견을 나누며 나름대로의 치료방법과 경험담을 들려주기도 하면서 함께 걸었다. 이미 다른 친구들은 저 멀리 많은 사람들과 어울려 보이지 않았지만 S 친구는 그 길을 나와 함께 쉬어가며 중도까지 동행을 해주었던 것이다.

그동안 건성으로 지내던 친구 사이로만 생각해 왔지만 친구의 불편과 어려움에 배려와 관심 그리고 도움을 주려고 애쓰는 모습을 보며 새로운 우정의 참모습을 느끼게 했던 것이다.

그리고 새해에 다시 만났을 때 S 친구는 신문지로 둘둘 말아 길게 싼 막대 같은 것을 들고 와 '빨리 완쾌하라고 만들어 본 것'이라며 이를 나에게 건네주어 펼쳐 보니 명아주로 만든 지팡이였다. 그러니까 지난 가을 관광길에 올라 트레킹 할 때 발목의 통증으로 고생을 하는 모습을 보고 잊지 않고 손수 정성 들여 만든 지팡이였다. 가벼운 명아주 대를 구해 나의 신장에 맞는 길이로 잘라 만든 'ㄱ'자 형의 이 지팡이는 손잡이를 새의 머리 모형으로 조각하였으며 전체를 매끄럽게 연마하여 윤이 나는 짙은 밤색 니스 칠을 하였을 뿐만 아니라 맨 끝부분은 고무 패킹까지 끼워 만든 훌륭한 지팡이였다.

내가 요청하지도 않고 생각지도 않은 지팡이를 S 친구는 직접 만들어 나의 보행과 치유에 도움을 주고자 선물로 준 것이었다.

나는 이 지팡이를 이용하며 지난날을 생각해본다. 어린 시절 아무런 신체적 이상이 없는 듯(?)한 아저씨가 지팡이를 앞뒤로 흔들며 폼 잡고 뽐내며 시장통을 왔다 갔다 하던 모습, 그리고 캐나다 몬트리올에 있는 치유의 성당(Saint Joseph's Oratory)에 들렀을 때 다리 아픈 환자들이 기도를 하고 완치되어 세워 두고 갔다는 수많은 지팡이들…. 이제 나 또한 나의 간절한 기도와 치유를 기원하며 정성을 모아 만들어 준 이 지팡이를 들고 꽃이 흐드러지게 피어나는 이 계절에 산과 들을 마음껏 뽐내며 흔들고 돌아다녀야 할 것 같다.

(2015년 5월 임우회보)

커튼 없는 창

외부로부터 추위를 막고 실내 장식과 사생활 보호 등을 위한 커튼은 17~8세기경 유리 제조 기술 등이 발달하기 시작한 유럽에서부터 실용화한 것으로 알려져 있는데 내가 가정집 유리창에 커튼을 친 방에서 생활을 하기 시작한 것은 대학에 다닐 때였다.

어린 시절 농촌에서 자라던 한옥은 창호지를 바른 출입문이 앞뒤로 있을 뿐 그 외의 모든 벽은 창문이란 것이 거의 없었기 때문에 커튼이라는 말 자체를 몰랐고 초등학교를 다니기 시작하면서 읍내에서 본 일본인의 아담

한 2층 집 방 유리창이 가끔은 하얀 천으로 가려져 있거나 열려있는 것을 보았지만 한참 후인 중고등학교시절 그것이 '커튼'이라는 것을 알게 되었다.

고등학교를 졸업하고 서울에서 대학에 다닐 때에는 하숙집이 대부분 'ㄱ'자 형인 재래식 한식 기와집으로 방에 출입하는 방문 맞은편 벽에는 대부분 두 쪽으로 된 작은 사각형의 유리창이 있었고 그 위에 못을 박아 철사 줄을 매어 천으로 커튼을 마련하였으니 그런대로 커튼을 설치한 방이라고 할 수 있었으며 창밖은 바로 골목길이어서 밤에는 방범 역할에 도움이 되기도 했다.

이러한 명목상 커튼 외에 커튼의 모양새를 갖춘 커튼은 70년대 초 대청마루가 있는 조그마한 집을 마련하면서부터였는데 이후 주택개량과 함께 주거환경이 아파트 문화로 바뀌면서 커튼 설치는 보편화되었고 이사를 하게 되면 누구나 전문 업소인 인테리어를 통하여 취향에 맞는 커튼을 설치하는 것이 일반화되었다.

하지만 나는 몇 차례 이사를 하며 그때마다 아파트 창의 크기가 달라 커튼을 다시 설치해야 하는 번거로움과 비용 등을 감안할 때 불필요하다는 생각을 하게 되었는데 이는 간편하고 단순한 것을 선호하는 노년의 취향 탓이라 할 수도 있겠으나 지금 살고 있는 아파트는 십여 년이 지나도록 커튼 없는 창의 상태로 살고 있다.

커튼을 설치하지 않았다 해서 미풍양속美風良俗이나 공서양속公序良俗에 반하는 문제가 제기되는 일은 없었으며 아파트 유지관리의 노력勞力 또한 절감되니 나름대로는 일거양득이라고 생각했지만 커튼을 설치하지 않다 보니 창 전체가 노출되어 유리를 깨끗이 닦아야 하는 문제가 제기되었고 그 작업량 또한 만만치 않은 것이었다. 거실의 대형 유리창을 비롯한 각 방의 창문 그리고 앞뒤 베란다 새시 등….

추운 겨울이 가고 봄비가 내릴 때면 유리창을 닦아야 하는데 어느 이른 봄 아침부터 꽤 많은 비가 내리기 시작하자 어둠이 가시기 전이지만 나는 만사 제쳐놓고 대걸레를 들고 거실 앞 베란다 새시 유리창부터 닦기 시작했다. 비가 내리는 때가 아니면 아래층에 있는 많은 세대로부터 항의가 빗발칠 것이기 때문에 비 오는 날을 택했는데 내부 방 창문까지 모두 닦기까지는 이삼 일이 지나서야 작업을 완료할 수 있었다.

그러나 창을 깨끗하게 닦고 난 후 외출했다 돌아와 현관문을 열고 들어서면 얼핏 유리 없는 창틀만 있는 것처럼 보여 마음이 허전하기도 하고 시원하게 느껴지기도 하지만 주위의 많은 사람들이 우리 집에 시선을 집중하는 듯한 느낌을 받아 한동안은 생활에 주의력을 더해 가기도 했다.

창을 깨끗이 닦고 수일이 지난 어느 날이었다.

베란다 창가에서 따듯한 햇빛을 즐기며 잠시 책을 보고 있노라니 갑자기 "퍽" 하는 소리와 함께 무엇인가 유리창에 충돌하고 밑으로 떨어지는 듯하여 창문을 열고 내려다보니 날개가 흐트러진 모습의 비둘기 한 마리가 잔디밭에 떨어져 있는 게 아닌가?

나는 비둘기의 상태가 궁금하여 이를 주시하고 있었는데 이놈은 잠시 후 머리를 들고 두리번거리더니 이내 날아가 버리는 것이었다. 다행히 죽지 않고 살아 날아간 것이다. 깨끗하게 닦아 놓은 맑은 유리창에 커튼마저 없으니 이놈이 맨 먼저 비행착오를 일으켜서 사고를 낸 것이다.

이런 일이 있은 얼마 후 TV 뉴스 등에서 시내의 높은 유리 벽 건물에 많은 새들이 충돌하여 죽어가고 있으니 대책이 필요하다는 문제 제기의 보도가 있었는데 잠재된 직업의식 때문인지 그 옛날의 '조수보호 및 수렵에 관한 법률'이 머릿속을 스쳐 갔고 커튼 없는 우리 아파트 유리창도 그 원인을 제공하는 대상이 될 수도 있겠다는 생각을 해 보았지만 이후 새로운 비행 사고는 없었으니 새들도 이젠 아파트 창窓 정도는 비행에 익숙해진 모양이어서 다행이라고 생각하고 있다.

맑은 유리창에 커튼을 설치하지 않고 살다 보니 좋은 점도 있는 것 같다. 겨울이면 따스한 햇볕이 거실과 방안 가득 깊숙이 스며들어 다소나마 난방비가 절약되고 밤이면 밝은 달빛이 지난날의 아름다운 추억 속으로 나를 이끌어주니 나이를 더해 가는 나에겐 더없는 즐거움으로 다가서지만 크고 밝은 보름달을 볼 때면 문득 우리의 정치와 사회도 '커튼 없는 창, 그리고 맑고 투명한 창'과 같이 밝고 맑은 세상이 이루어졌으면 하는 순박한 소망을 빌어 보기도 하는 것이다.

(2015년 가을 겨울 산림문학)

태극기

2004년, 그러니까 벌써 10여 년 전의 일이다. 당시 〈태극기 휘날리며〉란 영화가 절찬리에 상영되어 천만 명이 넘는 관객을 동원했다고 하니 우리나라 인구의 약 4분의 1이 넘는 국민이 관람한 셈이다.

당시 이 영화는 6.25 전쟁 세대는 물론 이를 겪어보지 못한 젊은 세대들이 더 많이 관람했을 것이니 부분적이긴 하지만 전쟁의 참화와 비극 속에서도 태극기를 앞세우고 국가를 수호하는 것이 얼마나 소중하고 어려운 것인가를 일깨워주는 데 많은 도움이 되었으리라 생각하고 있다.

영화 속의 전쟁 이야기만은 아니다, 6.25 전쟁 당시 후방 산간 마을에서는 낮에는 태극기, 밤에는 인공기가 휘날리는 빼앗고 빼앗기는 전선 아닌 전쟁터가 된 곳이 있기도 하며 특히 일제 강점기에는 '태극기'란 것이 있는지조차도 모르고 일장기를 손에 들고 공부를 한 때도 있지 않았던가?

하지만 지금 우리는 자랑스러운 태극기를 앞세우고 세계와 당당하게 어깨를 나란히 하고 발전하고 있으며 특히 스포츠에서 우리 선수의 경기가 있을 때에는 태극기의 물결 속에 온 국민이 하나가 되어 지구가 떠나갈 듯 응원을 하고 또 승리의 환희와 감격의 눈물을 흘리며 서로 얼싸안고 기뻐하기도 하는 것이다.

이뿐만이 아니다. 국경일에는 시, 구청에서 2~3일 전부터 주요 도로변에 태극기를 계양하여 온 국민이 함께 이날을 경축하고 참뜻을 기리며 경건한 마음으로 하루를 뜻있게 보내기도 하는데 아쉬운 점은 주거지, 특히 아파트 단지 등에 들어서면 태극기를 계양하는 세대가 그리 많지 않다는 점이다. 바쁜 일이 있어서 아니면 장기간 출타 중이어서일까?

국경일 전날 밤이면 아파트 단지의 경우 관리사무소에서는 2~3차 방송을 통하여 태극기 계양을 그토록 독려하고 당부를 하는 데도 태극기 계양 상태는 별로 달라지지 않고 있는 것이다.

언젠가 나는 한 국경일에 산책 겸 시간을 내어 내가 살고 있는 아파트 단지의 태극기 계양 실태를 확인해 본 일이 있는데 너무나도 부끄러운 실정이었던 것이다.

그리고 오히려 궁금한 것은 태극기를 계양한 세대는 어느 직업에 종사하고 있는 분들인지가 더 궁금했던 것이다.

자유롭고 정의로운 대한민국, 세계로 발전하는 우리나라, 국민의 인격과 단결된 모습을 대내외에 과시하고 나라 사랑하는 마음을 고양하기 위해서라도 국경일 등에는 일반 주거지역뿐만 아니라 모든 아파트 단지 그리고 전국 어느 곳이나 태극기가 물결치는 모습을 볼 수 있도록 국민 모두가 작은 정성을 모아주었으면 하는 바람을 가져본다.

(2015년 3월 20일)

호야

70년대 초 내가 산림청에 근무할 때의 이른 봄 어느 날, G 국장실에 누군가 화려하게 꽃을 피운 축하 화분 하나를 가져다 놓았다. 얼핏 보아도 약간 넓고 긴 녹색의 잎은 건강한 상태여서 꽃이 져도 잎 그 자체만으로도 관상용으로 훌륭하다고 생각되었으나 화훼花卉에 문외한인 나는 화분의 꽃 이름이 무엇인지도 몰라 그저 스쳐 가는 그림의 꽃일 뿐이었다.

꽃은 화무십일홍花無十日紅이라 했던가? 수일이 지나 들러보니 아름다운 자태를 뽐내고 있던 꽃은 시들어 버리고 잎만을 남기고 있었는데 꽃이 지고 난 후에는 내가 근무하고 있는 방으로 옮겨와 함께 있던 P 양이 열심히 물도 주고 잎을 닦아 윤기가 흐르는 멋진 모습으로 자리를 잡아 실내의 부드러운 분위기 조화調和에 일조를 하고 있었다.

후에 알게 되었지만 '군자란'이란 이름의 이 꽃은 지금은 많이 보급되어 귀한 대접을 받는 형편이 아니지만 당시에는 희귀稀貴 품종으로서 몸값도 만만치 않았는데 이 '군자란'이 화분 가장자리에 예쁜 새싹을 내밀고 성장하기 시작하더니 분근分根을 해도 좋을 정도로 자라나 나는 이를 캐어 집으로 가져와 화분에 심고 정성 들여 가꾸기 시작한 지 3년여 만에 색깔도 선명한 오렌지색의 예쁜 꽃을 피우는 데 성공했다.

나의 화분 가꾸기는 이때부터 시작되었다. 꽃집 앞을 지나며 아름답게 보이는 새로운 품종이 눈에 들어오면 구입도 하고 이웃에서 분양해주면 종류를 불문하고 받아 가꾸다 보니 나의 작은 한옥 거실은 화분으로 가득 채워졌고 겨울이면 연탄난로를 피워 보온을 하여 4계절 내

내 꽃을 볼 수 있어 큰 즐거움이었으나 이를 관리하는 것은 보통 일이 아니었다.

더구나 이사를 할 때는 별도로 작은 트럭 한 대를 추가로 대절하여야 했으며 아파트에서는 베란다를 이용하지만 겨울에는 추가 보온을 해야 했고 봄에는 분갈이, 분근分根을 하여 화분의 가족은 늘어갔으나 퇴직을 하고 세월이 흐르는 동안 점차 관리능력이 떨어져 화분을 줄이라는 주변의 권고를 받아들여 큰 화분부터 처분하고 비교적 작은 것만 남겨두었으나 이마저도 관리가 쉽지 않은 상태여서 지금은 생명력과 내한성이 강한 품종만 남아 꽃을 볼 수 있는 명맥을 유지하는 상태가 되고 말았다.

그런데 2016년 어버이날에 아들이 카네이션이 심어져 있는 작은 화분 하나를 들고 왔다. 색깔도 선명한 빨간색 서너 송이의 카네이션은 녹색 잎과 함께 화분 한쪽 언저리에는 사철나무 잎과 비슷한 작은 줄기화초 하나가 심어져 있어 더욱 조화를 잘 이루고 있었는데 다음날 물을 뿌리고 나니 꽃은 녹아내리고 말았다.

소재素材가 무엇인지 알 수 없었으나 카네이션은 조화造花였고 옆에 심어져 있던 파란 줄기의 잎은 살아 있는 화초여서 이를 다른 작은 화분에 옮겨 심으며 내심 꽃이 녹아내리는 것으로 보아 살아날 것이라는 기대는 하지 않았지만 생명이 있는 식물이니 버리지 못하고 잘 가꾸어보자는 생각에서였다.

다행스럽게도 생명력이 강해서인지 죽지 않고 쉽사리 성장하는 것 같지도 않아 다른 화분과 함께 물을 뿌려주며 무심코 지냈는데 두세 가닥의 줄기가 화분대 밑으로 계속 뻗어 내려 지난여름 섭씨 40도를 오르내리는 무더위가 기승을 부리는 8월에 한 줄기 마디에서 작은 꽃 한 송이가 맺혀있는 것을 발견하고 신기하게만 느껴졌다.

나는 이 화초의 이름이나 자라는 토양 등 성향을 알지 못한 채 4계절 동안 다른 화분과 똑같이 관리하는 등 푸대접을 한 편이지만 죽지 아니하고 줄기를 길게 뻗어 내려 줄기 한 마디에서 드디어 작은 산수유 꽃과 비슷한 분홍색 꽃망울을 터뜨리고 있는 것을 발견하고 신기하게 생각한 나머지 이 꽃이 만개滿開할 때까지 새로운 관심과 잦은 시선을 보내며 화초의 이름을 알아보기 위해 한 백화점 앞 꽃집을 찾았다.

마침 이 꽃집에는 우리 집에 있는 것과 꼭 같은 화분이 진열대 위에서 줄기를 뻗어 내리고 있는 것을 발견하고 주인아저씨에게 "바쁘시지만 이 화초 이름을 무엇이라고 하지요?" 하고 묻자 퉁명스럽게 "나도 몰라요" 하고 냉방이 되어있는 작은 방 안으로 들어가 버리고 말았다. 추측건대 보아하니 화분을 사지도 않을 노인이 공연히 무더운 날씨에 사람을 귀찮게 한다는 듯한 표정이었다.

그 후 나는 우연히 한 건물 지하에 있는 꽃집에서 예쁘고 상냥한 여성 주인으로부터 '호야'라고 하는 그 꽃의 이름을 알게 되었고 생태 환경 등까지 친절한 설명을 듣고 돌아와 검색을 해보니 학명은 Hoya carnosa이고 분포지역은 동남아시아, 오스트레일리아 등지이며 개화기는 6월~9월, 꽃의 색은 분홍색과 백색 등으로 되어 있었으며 이를 길러 본 한 애호가는 꽃이 피면 행운이 온다는 글을 남겨놓은 사람도 있었다.

하지만 나와 같이 나이가 많은 사람에게는 무슨 행운이 올까마는 노년이 되어서라도 모르는 화초(식물) 이름 하나라도 더 알게 된 것은 수확이라고 생각하고 있다.

이름도 몰랐던 그 화초가 맨 먼저 핀 꽃이 지고 나니 다음 줄기 잎 사이에서 또 한 송이의 꽃이 피고 지고 다섯 송이의 꽃이 여름 내내 피어 나의 마음을 즐겁게 해주었다. 기대하지도 않고 관심 밖에 있던 한 무명 화초가 2년 만에 꽃을 피우며 나의 관심을 모아 무덥고 긴 여름을 잠시나마 즐겁게 해줄 줄은 뜻밖의 일이었던 것이다.

(2019년 3월 임우회보)

세월 歲月

이끌려가듯 밀려가듯 시간은 한 치도 변함없이 흘러가며 흘러가는 시간과 함께 세상도 사람도 끊임없이 변해가고 있다.

일제강점기 말 가난한 산간 촌에서 태어나 형의 손목을 잡고 이끌리어 초등학교(당시는 국민학교)에 입학하여 일본어로 공부를 시작했고 8.15 광복과 더불어 우리의 한글로 공부를 다시 시작했지만 또다시 뜻하지 않은 민족적 비극인 동족상잔同族相殘의 6.25 전쟁을 겪으며 살아왔다. 생각하면 한 세기世紀의 세월이지만 한편으론 한순간의 시간으로 느껴지기도 한다.

더구나 한참 자라나는 어린 시절 필설筆舌로 다할 수 없는 초근목피草根木皮로 호구지책糊口之策을 연연해오던 지난날을 뒤로하고 오늘의 풍요로운 생활을 생각해보면 나도 모르는 사이 이마엔 잔주름이 늘었고 검은 머리는 흰머리로 변하여 고등학교 시절 특별한 느낌도 없이 급우들과 함께 공부하며 국어 고문古文시간에 읽고 외우며 공부하던 고려 말 우탁禹倬이 지은 한 편의 시조時調가 머릿속을 스쳐 간다.

한 손에 막대 잡고 또 한 손에 가시 쥐고
늙는 길 가시로 막고
오는 백발 막대로 치려 했더니
백발이 저 먼저 알고 지름길로 오더라

지금은 100세 시대라고 한다. 100세 시대라는 말에 걸맞게 세월의 흐름을 아쉬워하듯 세간에서는 "60대에는 60킬로미터의 속도로 달려가고, 70대에는 70킬로미터의 속도로, 80대에는 80킬로미터의 속도로 달려간다."는 말이 자주 오르내리더니 건강상태 또한 "60대에는 매년 달라지고 70대는 매달 달라지며 80대는 매일 달라진다."는 말도 자주 회자膾炙되고 있다.

동서고금을 통하여 누구나 늙어가는 자신을 안타까워 하지 않는 사람은 없고 오래 살고 싶지 않은 사람은 없을 것이다. 하지만 요즘과 같이 코로나19로 뜻대로 활동하지 못하고 만나고 싶은 사람 만나지도 못하는 등 제약된 상태에서 살고 있는 현실을 생각하면 '사는 것이 아니라 사육飼育'되고 있다는 느낌마저 들어 아쉬움을 더해주고 있다. 특히 노년층에겐 언제일지 모르지만 자기 의지대로 움직이지 못할 수 있는 날이 가까워진다는 생각을 하면 더욱 그러하다.

생각하면 노년이란 나도 모르는 사이 시간의 흐름이 안겨준 선물(?)이라고 할 수 있겠지만 이는 결코 바라지 않는 선물일 것이다. 60대 초반만 하더라도 큰 불편함을 느끼지 못하고 일주일이면 한두 번은 친구들과 함께 등산도 하고 여행도 즐기며 아침이면 6시에 일어나 달리기 등 운동을 하는 것이 일과 중의 하나였지만 지금은 혼자 집에서 멀리 떨어져서 하는 운동은 자제하고 아파트 단지 내를 몇 바퀴 걷는 것이 전부가 되고 말았다. 어느샌가 행동반경이 그만큼 좁아진 것이다.

더욱이 요즘은 병원을 찾는 횟수도 잦아졌고 혼자서 병원을 찾는 것 또한 심적 부담을 느끼는 경우도 있지만 더욱 어려운 것은 식욕부진으로 이를 해결하기 위한 열구지물悅口之物의 행각이 중요한 일과 중의 하나가 되고 있는 것이다.

노년을 살아가며 안타깝게 생각되는 것은 정겨웠던 오랜 친구들 간의 정겨움이 점차 소원疏遠해지고 있는 것이다. 안부를 전하고 묻는 것은 물론이고 애경사가 있어도 눈여겨 돌아보지 않는 경향이다.

아마도 이는 각자의 건강 등 여러 가지 사정도 있겠지만 그만큼 상호 행동반경이 점차 좁아지고 있기 때문인 것으로 생각하고 있다.

더욱 안타까운 것은 주위의 친구들이 점차 한 사람 두 사람 세상을 떠나고 있는 것이다. 친구들이 세상을 떠난다는 것은 그만큼 내 주변의 활동범위도 좁아진다는 것이리라.

어느 날 한 친구가 카톡으로 보내온 글 〈황혼의 자유〉에서 발췌한 "우리는 늙어가는 것이 아니라 고운 빛깔로 익어가는 홍시 같은 그런 황혼"은 아닐지라도 많이 움직이고 건강을 유지하며 항상 고마운 마음가짐으로 고종명考終命을 생각하며 남은 여생을 살아가면 되지 않을까 생각해 본다.

누구나 세월의 흐름과 함께 생로병사生老病死의 테두리를 벗어나는 사람은 없으니까….

(2021년 6월 22일)

실향민 失鄕民

내가 살던 고향은 물 맑고 철 따라 아름답게 꽃이 피는 산골이었다. 이름하여 용담면龍潭面 호계리虎溪理 또는 호암리虎岩理. 순수 우리말로는 '범바우'라고도 불리었다. 그리고 용담초등학교는 이 마을에서 약 2킬로미터 떨어진 곳에 위치하고 있었는데 할머니께서는 할머니가 젊으셨을 때에는 호랑이가 많아 마을의 이름을 '범바우'라고 부르게 되었다는 이야기를 해주셨고 초등학교에 입학할 때는 무척이나 걱정이 많으셨다.

그것은 어린 것이 눈이 오나 비가 오나 먼 길을 걸어서 학교에 다녀야 하며 특히 일제치하日帝治下였기 때문에 일본어로 공부를 하여야 하는데 어떻게 잘할 것인가 하는 것이 큰 걱정이셨다.

그러나 다행이었던 것은 돌아가신 둘째 봉현 형님이 당시 6학년이어서 1년간은 나를 데리고 학교에 다닐 수 있어 다소나마 안도가 된다는 말씀을 하시며 2년만이라도 함께 데리고 다녔으면 좋았을 것을 하고 못내 아쉬워하기도 하셨다.

어느 날 나는 형님의 손을 잡고 학교에 가서 일본어로 간단한 면접을 받은 후 입학하여 받아든 것은 일본어로 된 교과서. 나는 이 교과서를 무명으로 짜서 검은 물감으로 염색한 보자기에 싸 허리에 매고 열심히 형님의 뒤를 따라 학교에 다니며 공부를 했다.

당시 용담초등학교 정문에는 양편에 커다란 노송이 기백을 자랑하듯 우뚝 서 있었고 넓은 운동장에는 항상 활기차게 뛰어노는 아이들로 넘쳐났으며 학교 교사校舍는 위용을 자랑하듯 우뚝 서 있었다.

지금 생각하면 그렇게 크지 않은 운동장, 교사校舍는 한 학년에 한 개 교실씩 6개의 교실과 한 개의 교무실이 있었지만 당시에는 그렇게도 크고 웅장하게 느껴졌다. 하지만 이 학교는 이웃 수 개 면에 하나밖에 없는 유일한 학교였기 때문에 용담면 내에 거주하는 어린이뿐만이 아니라 이웃 안천면, 정천면, 주천면 등 일대의 어린이들이 6~7킬로미터가 넘는 머나먼 길을 멀다 하지 않고 모여와 꿈을 키우며 공부하던 요람이기도 하였다.

여름이면 학교에서 실습용으로 기르는 송아지 먹이용 풀 한 다발, 겨울이면 난로에 땔 장작 한 다발을 2~3일에 한 번씩 짊어지고 가야 했는데 이를 짊어지고 가야 하는 날이면 어머님께서 이를 준비해 주느라 농촌의 바쁜 일손을 멈추고 고생을 많이 하시기도 하였다.

지금도 잊혀지지 않는 것은 학교에서의 첫 번째 벌이었다. 1학년 때의 담임선생님은 일본인 '와다나베' 선생님이었는데 눈이 많이 온 어느 겨울날 첫째 수업이 끝나자 추위에 떨던 아이들은 난로 곁으로 모두 모여들어 앞자리를 차지하려고 서로 밀고 밀리다가 한 아이가 이마를 난로에 데고 말았다.

이를 어떻게 해 볼 겨를도 없이 둘째 시간 수업이 시작되었는데 와다나베 선생님이 들어서자 이 사건은 바로 발각되어 수업을 하기 전에 벌이 가해졌다.

선생님께서는 난로 앞에 나왔던 아이들을 모두 교단 앞에 불러내어 옆으로 세워 놓고 한 아이에게 소를 기르는 축사에 가서 축사 청소용 싸리비를 가져오라고 하였다. 모두가 영문을 모르고 기다리고 서 있을 때 드디어 싸리비를 가져오자 선생님은 "너희들은 짐승만도 못하다"며 쇠똥이 덕지덕지 묻은 싸리비로 얼굴을 쓸어댔다. 물론 그중에는 나도 끼어 있었으며 모든 아이들의 입과 얼굴엔 쇠똥을 묻히고 스쳐 간 것은 두말할 것도 없다. 생각하면 지금은 상상할 수도 없는 체벌이었던 것이다.

하지만 학교생활은 무척이나 즐거웠다. 특히 조회를 하기 전에 모두가 편을 갈라 참여하는 축구시합은 전교생이 일체가 되는 시간이 되곤 하였다. 축구라는 경기의 정확한 규칙도 축구공이 어떻게 생겼는지도 몰랐다. 축구공이라야 속에는 짚을 단단히 뭉쳐 넣고 겉은 새끼줄을 꼬아 둥글게 감아서 만든 것이었으며 골문은 일정한 거리에 돌을 몇 개 주워다 쌓아두고 그 사이로 공을 골인시키는 것이었다.

이때는 제2차 세계대전 중이어서(당시에는 '대동아전쟁'이라고 하였다) 중요물자는 전쟁을 위한 군수물자를 생산하여 공급하기에 급급한 실정이었으므로 생활용품이 제대로 공급되지 않아 몹시도 어려웠고 식량난 또한 가중되고 있었다.

학교에 다니는 아이들을 위하여 학교에서 이따금씩 배급 주는 식량은 곰팡이 냄새가 나는 쌀 한 줌과 곰팡이가 낀 콩깻묵이었는데 쌀 배급이 있는 날이면 배가 고파 집에 돌아오는 길에 조금씩 먹다 보면 다 먹어버리곤 하였다. 이때에 배고픔을 달래주던 쌀 맛은 지금도 잊을 수가 없다.

그렇게도 어려웠던 시절 이곳에서는 또 다른 새로운 일이 시작되었다. 강가에 수많은 사람들이 모여들어 지게로 자갈을 모으는 대역사가 시작된 것이다. 어렴풋이 어른들의 말을 들어보면 큰 '보'를 막기 위해서라고 하였다. 이것이 지금 한창 건설 중인 용담댐의 시작이 된 셈이다.

그러던 3학년 때의 여름방학 그러니까 1945년 8월 15일 당시 전주 북중학교에 다니시던 형님께서 어디서 듣고 오셨는지 이제 전쟁이 끝나 일본이 패하였으니 일본 사람들은 일본으로 가고 우리는 우리 글을 공부하면서 살게 되었다는 말을 해 주셨다. 그날 밤 학교에 다니는 아이들은 마을 앞에 모여 부모님과 형들께서 들은 나름대로의 소식을 주고받으며 학교에 가보기로 하였다.

학교에 가보니 일본인 선생님은 한 사람도 없고 한국인 선생님들만이 모여 횃불을 밝히고 종래 쓰던 일장기에 먹을 갈아 열심히 태극기를 그리고 계셨다.

태극기를 얼마만큼 그리고 난 후 우리는 선생님의 선창으로 태극기를 들고 힘차게 “조선독립만세”를 불렀는데 새로이 그리고 처음 보는 태극기를 들고 “조선독립만세”를 힘차게 불렀던 감격적인 그 순간은 생각만 해도 가슴 벅찬 일이었다.

그때부터 일본인들은 일본으로 돌아가기 위해 짐을 싸기에 바빴고 학교에서는 교과서도 없이 등사용지에 써서 등사한 국어교재를 가지고 "가갸거겨"를 배우기 시작했으며 일본 국가國歌 대신 스코틀랜드 민요 〈올드 랭 사인(Auld Lang Syne)〉의 곡에 맞추어 다음과 같은 노래를 배워 불렀으며 한때는 애국가를 이 곡에 맞추어 부르기도 하였다.

밤은 가고 해가 돋아 밝은 아침에
사는 물건 걸어차고 나가세 우리들
형제들아 나오너라 손을 맞잡고
삼천리 금수강산 조선 만만세

그리고 광복절을 맞아 대한민국 정부 수립 후 새로운 교육과 새로운 국가 건설에 박차를 가하게 되어 일단 용담댐의 추진은 백지화되었으며 이후 댐의 건설은 '한다', '안 한다'가 수차례 반복되었다. 그러나 시골 분들은 국가의 재정 형편이나 여건과는 관계없이 막연히 댐은 건설하게 될 것이라는 분도 많았다. 이유인즉 이름이 용담

龍潭, 즉 용이 사는 곳, 용의 못池이기 때문이라는 것이었는데 막연한 추측이나마 이 말은 결국은 맞아들어간 것이다. 나는 초등학교를 졸업하고 방학 때를 제외하고는 공부를 한답시고 전주로 서울로 객지에 살면서 부모님과 형님이 계시는 고향을 오갔지만 이제 용담댐 공사가 완공되면 어려운 가운데서도 즐겁게 공부하며 꿈과 희망을 키워가던 용담초등학교도 물속에 잠긴다고 하니 마냥 아쉽기만 할 뿐이다.

더구나 이곳에 살던 순박한 마을 사람들은 조상 대대로 살아오던 손때 묻은 정든 터전을 잃고 뿔뿔이 헤어져 살아가야 하니 어디서 무엇을 하고 살아갈 것인가? 낯설고 익숙하지 않은 타향에서 고향이 그리울 때 그 허전한 마음을 무엇으로 달랠 것인가? 안타까운 마음과 답답한 심정을 떨쳐 버릴 수가 없다.

이 고장에서 태어나 즐거움과 괴로움 그리고 많은 어려움을 가슴에 새기며 내 잔뼈가 굵어진 고향! 나에게 희망과 꿈을 키워주던 그 고향의 집과 학교가 머지않아 물속에 잠길 것을 생각하면 새삼 애석함과 향수를 더욱 짙어가게 하고 있다. 1998년 2월이면 철없이 뛰놀며 공부하던 용담초등학교가 폐교한다니 더더욱 그러하다. 속된 말로 "양반이 배가 부르면 종놈 배고픈 줄 모른다"는 말이 있다. 국가적인 차원에서 이루어지는 댐 공사야 어찌할 수 없겠지만 깊은 지식도 없고 기술도 없이 그저 손바닥만한 논밭을 갈며 의지하고 살다가 늙어버린 수많은 실향민들의 어려운 삶과 서글픈 마음을 어떻게 헤아릴 수 있을 것인가?

북한에 고향과 가족을 두고 온 실향민들의 눈물어린 향수를 다소나마 더 깊이 이해할 수 있는 계기가 되기도 한 것 같다. 이제 나도 실향민의 한 사람, 연말에나 한두 번 들어볼 수 있는 〈올드 랭 사인〉 곡이지만 이 곡을 듣게 될 때면 정든 고향과 희미한 옛 추억을 더듬으며 향수를 달래볼 수 있을까?

내가 초등학교 입학을 한 후에는 졸업식에서 선후배간의 아쉬운 석별의 정을 나누는 졸업식의 송별가로 불렀고 해방이 되자 기쁨과 환희 속에서 이 곡에 따라 애국가도 불렀지만, 이젠 정든 고향 분들과 헤어져야 하는 작별의 노래가 되고 말았으니 모든 고향 분들이 고향을 떠나더라도 어디에서나 건강하게 새로운 터전에 적응하여 열심히 살아가 주길 바라고 또한 많은 용담초등학교 출신 후배들이 실향의 아픔을 떨쳐버리고 훌륭한 인재로 성장하여 국가에 헌신할 수 있는 큰 재목이 되어줄 것을 기원할 뿐이다.

**(1997년 12월 용담초등학교
마지막 호 교지 용강산의 메아리)**

출간후기

구순九旬의 인생길에서 되돌아보는 담백하고 따뜻한 삶의 이야기가 많은 분들의 가슴에 깊은 울림이 되기를 희망합니다!

권선복
도서출판 행복에너지 대표이사

한 사람의 인생은 한 권의 책과도 같다고 합니다. 특히 오랜 인생을 살아 오며 수많은 경험을 한 분들의 인생은 한 권으로 다할 수 없는 방대하고 소중한 지혜의 보고라고 말할 수 있을 것입니다. 그렇기에 오랜 세월을 살아 오신 분들이 기록하는 삶의 이야기는 우리 사회가 과거부터 지금까지 달려온 자취를 담고 있을 뿐만 아니라, 점점 빨라지는 변화의 풍경 속에서도 우리가 계속해서 간직해야 할 가치와 지혜를 전달하고 있기에 더욱 소중합니다.

이 책 『80에 추억 만들기』는 산림청 공보관에서부터 시작하여 부안군수와 익산군수를 역임하는 등 30여 년의 공직생활을 마치고 지금은 구순九旬을 맞이하고 있는 김봉선 저자님의 삶과 나이 듦에 대한 따뜻한 시선을 담고 있는 에세이입니다. 은퇴 이후에도 여러 사회활동을 계속하며 삶과 사람에 대한 글을 써 온 김봉선 저자님께서는 미수를 기념하여 그동안 사단법인 한국임우회가 발행하는 소식지인 '월간 산 산 산 나무 나무 나무'(임우회보) 및 몇 군데에 기고하였던 글을 엮어 이번 단행본을 출간하게 되었다고 밝히고 있습니다.

이 책 『80에 추억 만들기』는 무겁고 어려운 주제를 다루고 있는 에세이는 아닙니다. 오히려 아주 가볍고 읽기 편하며 담백한 필체로 과거의 추억과 현재의 인생을 이야기하고 있습니다. '노인'이라는 입장이 되어서야 느낄 수 있게 된 사회의 단면들, 일상 속에서 느껴지는 따뜻한 사람의 향기, 수몰지역 실향민으로서 때때로 다가오는 행복하면서도 애잔한 과거의 추억 등을 담은 짧은 이야기들은 무겁지 않고, 부담스럽지 않으면서도 읽는 이들의 마음에 잔잔한 미소와 감동의 물결을 만들어 줄 것입니다.

미수의 인생길에서 되돌아보는 담백하고 따뜻한 삶의 이야기가 많은 분들의 가슴에 깊은 울림과 행복에너지로 팡팡팡 솟아나길 깊이 희망하며, 앞으로도 오랜 세월의 경험에서 우러나오는 삶의 지혜와 아름다움을 책으로 풀어내는 분들이 많아졌으면 하는 바람을 품어 봅니다.

‘행복에너지’의 해피 대한민국 프로젝트!

〈모교 책 보내기 운동〉

대한민국의 뿌리, 대한민국의 미래 **청소년·청년**들에게 **책**을 보내주세요.

많은 학교의 도서관이 가난해지고 있습니다. 그만큼 많은 학생들의 마음 또한 가난해지고 있습니다. 학교 도서관에는 색이 바래고 찢어진 책들이 나뒹굽니다. 더럽고 먼지만 앉은 책을 과연 누가 읽고 싶어 할까요?

게임과 스마트폰에 중독된 초·중고생들. 입시의 문턱 앞에서 문제집에만 매달리는 고등학생들. 험난한 취업 준비에 책 읽을 시간조차 없는 대학생들. 아무런 꿈도 없이 정해진 길을 따라서만 가는 젊은이들이 과연 대한민국을 이끌 수 있을까요?

한 권의 책은 한 사람의 인생을 바꾸는 힘을 가지고 있습니다. 한 사람의 인생이 바뀌면 한 나라의 국운이 바뀝니다. **저희 행복에너지에서는 베스트셀러와 각종 기관에서 우수도서로 선정된 도서를 중심으로 〈모교 책 보내기 운동〉을 펼치고 있습니다.** 대한민국의 미래, 젊은이들에게 좋은 책을 보내주십시오. 독자 여러분의 자랑스러운 모교에 보내진 한 권의 책은 더 크게 성장할 대한민국의 발판이 될 것입니다.

도서출판 행복에너지를 성원해주시는 독자 여러분의 많은 관심과 참여 부탁드리겠습니다.

임직원 일동

문의전화 010-3267-6277